Ernst Wichert

Der Väter Sünden

outlook

Ernst Wichert

Der Väter Sünden

ISBN: 978-3-86403-574-6

Erscheinungsjahr: 2011

Erscheinungsort: Bremen, Deutschland

© Outlook Verlagsgesellschaft mbH, Fahrenheitstr. 1, 28359 Bremen. Alle Rechte beim Verlag und bei den jeweiligen Lizenzgebern.

I.

Äh – äh – äh … Fasse leise an, Jakob. Du hast heute eine entsetzlich schwere Hand. Leiser, leiser. Und ganz langsam – das Bein – äh, äh! auf den Fußschemel – langsam. Und dann das andere – sanft nachschieben. Nicht so ruckweise, Jakob. Wie das schmerzt! Wenn du darin stecktest – es ist eine Höllenpein. Nun den Rücken – vom Kissen aufrichten – so, so! Setze dich her – ich lege den Arm um deine Schulter – richte mich an dir auf. So! Der Arm ist noch ganz kräftig – was? Ha, ha, ha! Nur die Beine und das Kreuz … Langsam! Wenn ich erst stehe … Du weißt ja, es geht noch so passabel. Ah – äh – äh …«

Der alte Diener gab sich die ersichtlichste Mühe, seinem Herrn das Aufstehen zu erleichtern. Aber alle Schonung der schmerzhaften Gliedmaßen konnte nicht hindern, dass der Graf unter seinen geübten Händen von Zeit zu Zeit jämmerlich stöhnte. Der Dienst wurde schweigend verrichtet. Wahrscheinlich wusste Jakob schon lange, dass der Versuch, sich zu verantworten oder freundlich zu ermutigen, nur die Nervosität des Grafen steigerte. Er schob ihm weiche Pantoffeln auf die Füße und hob diese dann sanft vom Schemel auf die Pelzdecke. Dann gab er ihm einen Mantel um und richtete ihn in Pausen auf. Sobald das Zittern der Knie nachgelassen hatte, führte er ihn mit ganz kleinen Schritten nach dem anstoßenden Gemach, wo bereits das elektrische Bad vorbereitet war.

Das Wasser schien belebend zu wirken. Der Graf stieg die Stufen offenbar leichter hinauf und hielt sich auch während des Frottierens ziemlich fest auf den Füßen. Sein ganzer Körper wurde mit einer stärkenden Essenz eingerieben und dann in Wolle gepackt. So lag er wieder eine halbe Stunde auf dem Ruhebett und ließ sich das kostbare Spermin einflößen, von dem er sich Wunderdinge versprach.

Im Toilettenzimmer wartete bereits der Friseur. Er brachte den Kopf in die gewohnte Ordnung, indem er Wangen und Kinn rasierte, das kleine Schnurrbärtchen färbte und spitzte, mit einer graublonden Perücke die Platte deckte und der welken Haut eine gleichmäßig frische, nicht zu jugendliche Farbe gab. Mit den Händen und besonders mit den Fingernägeln beschäftigte er sich wohl eine halbe Stunde. Jakob konnte nun wieder seinen Dienst aufnehmen und das Bekleiden besorgen. Er legte dem Grafen einen hohen, den sehnigen Hals deckenden Kragen und eine Krawatte um, in welcher ein großer Brillant blitzte, und bekleidete ihn mit einem eleganten grauen Anzuge.

Als Graf Wedigo Pahlen sich dann in dem hohen Stehspiegel musterte, konnte er mit sich zufrieden sein. Er hatte jetzt ungefähr das Aussehen eines knappen Fünfzigers. Wer ihn aus dem Bette steigen gesehen, hätte ihn für einen hohen Siebziger halten müssen. Sein wirkliches Alter lag nur wenige Jahre über das erkünstelte hinaus. Unter seinen Freunden waren Offiziere, jetzt Obersten und Generale, die mit ihm ungefähr zugleich in die Armee eingetreten waren und es ihm bis auf einen geringen Fehler nachrechnen konnten. Er mochte nur sehr rasch gelebt und sich schneller als sie verbraucht haben.

Die Schokolade hatte er bereits um neun Uhr im Bett getrunken. Die Toilette beanspruchte mehr als zwei Stunden. Nachdem er am Arm des Dieners noch einen Gang durchs Ankleidezimmer gemacht, um die Federkraft der Beine zu prüfen, begab er sich mit schlürfenden Schritten nach dem Salon, in welchem das Frühstück aufgetragen war.

Dort erwartete ihn Graf Bruno, der jüngere Sohn, der den anderen Flügel des palaisartigen Hauses bewohnte, wenn er nicht auf den Familiengütern zu tun hatte. Er war der eigentliche Verwalter des großen Vermögens, seit eine schwere Erkrankung des alten Herrn und dessen längere Abwesenheit im Auslande eine Stellvertretung notwendig gemacht hatten. Sein Vater hätte längst die Zügel wieder selbst in die Hand nehmen können, aber die Beschäftigung mit wirtschaftlichen Angelegenheiten war wenig nach seinem Geschmack. Sein praktischer Sohn, der sie mit Eifer betrieb, schien ihm ein wenig entartet. Doch wünschte er mit ihm keinen Streit zu haben und war schon zufrieden, wenn nur die Form gewahrt und ihm eine Art von oberster Leitung zugestanden wurde, die freilich äußerst diskret geübt werden musste.

Die Wahrheit zu sagen, er fürchtete den Sohn, der von ganz anderem Schlage war als er selbst. Es fehlte Bruno die Schmiegsamkeit, sich der Art des alten Lebemannes anzupassen und ihn ohne Kritik zu nehmen, wie er nun einmal war. Er kritisierte selten laut und dann nur mit einem rasch hingeworfenen Wort; aber Graf Wedigo glaubte in jedem Augenblick zu wissen, was er dachte, und war immer überzeugt, dass er nicht seinen Beifall hatte. Der Regierungsreferendar war der einzige Mensch, vor dem er sich nicht gehen lassen konnte, wie es ihm bequem war. Kaum in scherzhaftem Ton wagte er einmal eine Andeutung seines Missbehagens. Der alte Herr konnte seinem lebendigen Gegensatz gegenüber das Gefühl der eigenen Sündhaftigkeit nicht los werden, und das war ihm ein sehr fataler Zustand.

Bruno saß am Tische, auf dem neben seinem Gedeck Haufen von Briefen und größeren Schriftstücken lagen, die er schon durchgesehen hatte. Er war kurz gewachsen und breitschultrig, in allen Formen etwas derb, das Bild blühender Gesundheit, übrigens doch im Profil unverkennbar dem Papa ähnlich. Das blonde Haar stand kurzgeschoren von der Stirn auf, und die über der kräftigen Nase fast zusammengewachsenen Augenbrauen bogen sich gegen die Schläfe hin eckig abwärts. Er schien auf seine Toilette gar keinen Fleiß verwendet zu haben; die Kleider saßen ihm lose, und das steife Hemde drängte sich gegen das Kinn hin aus der Weste heraus. Er hatte das eine Bein dicht am Fuß über das andere gelegt und den Daumen in das Ärmelloch der Weste gesteckt. Diese nonchalante Haltung änderte er auch nicht, als sich Graf Wedigo ihm nun tänzelnd näherte.

»Guten Morgen, mein Junge,« begrüßte er ihn in jovialem Ton, mit der ausgestreckten Hand winkend und ihm freundlich zublinzelnd. »Hast wohl schon auf mich gewartet? Ja, das Alter, das Alter! Es fordert immer mehr Mühe, sich's in Vergessenheit zu bringen.«

»Es freut mich, dass dir's gelingt,« antwortete Bruno trocken. Er lächelte dabei, wie es scheinen konnte, spöttisch und reichte dem Vater mit einer nachlässigen Bewegung die freie Hand zu, um sie sogleich wieder zurückzuziehen.

»Freut es dich, freut es dich – das ist gut,« schmunzelte der Graf, doch mit einem lauernden Blicke »Ich weiß ja, dass du mir das Leben gönnst – ha, ha, ha!«

Der junge Mann lachte nicht mit, sah aber den alten Herrn dreist an und zuckte leise die Achseln. »Es wäre ja nur mein eigener Vorteil, wenn du Methusalems Alter erreichtest,« bemerkte er, »ich bin der jüngere Sohn. Übrigens brauche ich für mich selbst wenig.«

»Ich hoffe, dem älteren eilt's ebenso wenig,« kicherte Graf Wedigo etwas gezwungen. »Du hast jedenfalls nicht nötig, dich einzuschränken. Warum tust du's? Ich in deinen Jahren ... Hä, hä, hä!«

»Es ist nicht meine Art, Geld fortzuwerfen für Dinge, die mir keinen Genuss bereiten.«

Der Alte löffelte seine Bouillon. »Ja, du bist unnatürlich enthaltsam – manchmal beängstigend.«

»Wirklich, es macht mir keinen Spaß, Vater, zu spielen und zu wetten, um dem Zufall über mich Macht zu geben, Pferde zu Tode zu jagen, lukullisch zu tafeln oder mich von leichtsinnigen Frauenzimmern ausziehen zu lassen.«

»Wie dein Vater – hi, hi, hi! nicht wahr, wie dein Vater?«

»Ich sage nur, es ist so meine Art. Wie es auch meine Art ist, genau Buch zu führen und Leuten, mit denen ich im geschäftlichen Verkehr stehe, nichts zu schenken.«

Der Graf stocherte in der Sardinenbüchse herum. »Hm – hm ...« knurrte er dabei, »möchtest du nach dieser Einleitung zur Sache kommen?« Es war sicher etwas Verdrießliches im Anzuge.

»Sie ist sehr einfach,« erwiderte Bruno, indem er einige Briefe aufnahm und geöffnet vor sich hinlegte. »Der Pächter von Falkenthal, Herr Sandrock, hat daran erinnert, dass die Pacht in zwei Jahren abläuft, und angefragt, ob sie ihm erneuert werden könne.«

»Darüber kann doch aber kein Zweifel sein. Schon sein Vater hatte das Gut –«

»Wie er, für eine lächerlich geringe Summe.«

»Du willst aufschlagen?«

»Um das Doppelte.«

»Ah –! das ist grob. Die Sandrocks sind alte bewährte Freunde.«

»Von Fremden könnte man dreist das Dreifache verlangen.«

»Und er weigert sich?«

»Er macht wenigstens Umstände.«

Der Graf goss sich mit nicht ganz sicherer Hand den Champagner ein. »Hm, hm – nein. Das geht nicht. Der alte Sandrock war mir befreundet.«

»Darauf will der Sohn sich eben berufen. Diese Einlage ist für dich bestimmt« – er reichte ihm ein Schreiben großen Formats – »ich kann mir denken, was darin steht. Aber ich bitte dich ernstlich, nicht schwach zu werden und den Mann lediglich an mich zu weisen. Schon des Beispiels wegen.«

Graf Wedigo reckte den hageren Hals aus der Krawatte. »Aber brauchen wir denn so nötig eine Erhöhung unserer Einnahmen?« fragte er unwillig. »Es wäre doch nicht nobel gehandelt –«

»Lieber Vater,« fiel Bruno ein, »ich ersehe aus den Abrechnungen mit unserem Bankier nicht, dass du dich einzuschränken geneigt bist. Das verlangt natürlich auch niemand von dir. Du hast sehr kostspielige Liebhabereien –«

»Du meinst, du meinst –?« schnüffelte der Alte unruhig.

»Es geht mich nichts an, dass du mit Vorliebe Brillanten verschenkst, obgleich der schöne Dank, um den es dir doch nur noch zu tun sein kann, gewiss auch billiger zu haben wäre.«

»Ah, ah, ah! Das verstehst du nicht,« eiferte der Graf, mit Messer und Gabel auf dem Teller polternd. »Ich muss mir verbitten – ich muss mir ernstlich verbitten ...«

»Was aber? Ich sage, es geht mich nichts an. Und es geht mich auch nichts an, dass Wilfried bis vor kurzem sehr viel Geld brauchte.«

»Wilfried –ah! Der ist ein ganz anderer Mensch – wir verstehen einander. Er soll seine Jugend und Freiheit genießen, soll sich als den künftigen Besitzer des großen Familienfideikommisses fühlen und demgemäß auftreten. Ich erwarte, dass du ihm da nichts in den Weg legst, Bruno. Du würdest mich aufs schwerste erzürnen ...«

Bruno schaffte sich durch ein Achselzucken Schweigen. »Lieber Vater,« bemerkte er nach einer kleinen Weile, »es ist wirklich komisch, dass du dich so um ein Nichts ereiferst. Ich weiß ja, dass Wilfried dein Liebling ist, und finde das auch sehr begreiflich. Aber ob ihr einander versteht ... Es steckt ein sehr wunderlicher Idealismus in ihm, den er wohl nur von der Mutter geerbt haben kann. Ich würde nicht überrascht sein, wenn er einmal Sprünge machte, die durchaus nicht nach deinem Herzen wären.«

»Ah – ah! Was redest du da? Ich kenne Wilfried wie mich selbst.«

Bruno lächelte ungläubig. »Übrigens ist er hier,« fuhr er fort, als der Papa sich eine Zigarre anzündete und den feinen Rauch abwechselnd aus dem rechten und linken Mundwinkel fortblies.

Nun hob dieser den Kopf. »Wilfried ist hier?«

»Jedenfalls schon seit gestern. Fritz Hohenburg hat ihn auf der Straße gesehen.«

»So, so, so ... Und geschlafen hat er hier nicht?«

»Vielleicht hat er uns überhaupt nicht wissen lassen wollen, dass er in der Stadt ist – vielleicht fuhr er schon wieder fort.«

»Ohne seinem alten Papa guten Tag gesagt zu haben? Sehr unwahrscheinlich. Es wäre das erste Mal ... Da ist er ja.«

Eben trat der Offizier ins Zimmer und wurde von dem alten Grafen mit stürmischer Lebhaftigkeit, von seinem Bruder mit gemessener Freundlichkeit begrüßt.

Graf Wilfried trug die kleidsame Uniform seines Reiterregiments. Er hatte die hohe und schlanke Figur seines Vaters, aber nicht dessen Gesicht. Die Ähnlichkeit mit einem Pastell seiner früh verstorbenen Mutter war unverkennbar. Dasselbe schmale, etwas nervöse Gesicht, mit hoher Stirn, scharfer, sehr zierlich geformter Nase, schmalen Lippen und langem Kinn, durchaus wohlgebildet und wenn nicht schön, doch ganz eigen anmutend, besonders durch einen Zug von liebenswürdiger Schwärmerei in den dunklen Augen, die aber auch feurig leuchten konnten, sobald ihn etwas freudig bewegte, wie jetzt offenbar die Begrüßung des alten Herrn, der ihn zärtlich liebte und ihn nun mit Fragen bestürmte, weshalb er sich mehrere Wochen lang nicht habe sehen lassen. Die dritte Schwadron, bei welcher der junge Premier stand, war freilich schon seit dem Frühjahr nach einer kleinen Stadt versetzt worden, aber bei der Entfernung von nur wenigen Eisenbahnstunden hatte er anfangs häufig einen kurzen Urlaub zum Besuch Berlins ausgenutzt, wo im Familienhause seine Zimmer stets bereit standen. So lange war er noch nie ausgeblieben.

»Ich fürchtete schon, du hättest im Dienst einen Unfall erlitten,« sagte Graf Wedigo, ihm die Schulter streichelnd, »oder wärst krank geworden. Und warum kamst du nicht gleich gestern, oder begrüßtest mich wenigstens nicht im Klub, wo du mich doch nach dem Theater zu finden wusstest? Muss einen merkwürdigen Grund gehabt haben – hi, hi, hi – was?«

Wilfried vermied eine bestimmte Antwort, auf die wohl auch nicht gerechnet war, und begnügte sich mit allgemeinen Entschuldigungen, die etwas hinterhältig klangen. »Willst du frühstücken?« fragte Bruno. Er versicherte, schon irgendwo gegessen zu haben. »Aber ein Glas Sekt –?« Auch das lehnte er ab.

Nun erst betrachtete ihn der alte Graf aufmerksamer. »Du siehst nicht recht frisch aus, mein Junge,« bemerkte er. »Ist dir etwas Verdrießliches begegnet?« Da Wilfried schweigend den Kopf schüttelte, fuhr er fort: »Kann mir ja denken: die kleine Stadt – kein Umgang außer mit Kameraden, kein Leben, kein Theater – alles zu nahe aufeinander, das Kasino schließlich eine recht öde Unterhaltung ... Kann mir's denken, mein lieber Junge, für einen, wie du bist, deines Vaters Sohn – hm, hm ...«

Er hüstelte den Schluss fort, da er Bruno spöttisch lächeln sah. »Und überhaupt,« lenkte er ein, »es fehlt der weite Horizont, die freie Bewegung – man fühlt sich wie eingeschnürt. Habe auch einmal so etwas durchlebt, hielt's aber nicht aus, nahm meinen Abschied damals. Jeder hält's nicht aus.«

»Die Stadt ist nicht so klein, Papa,« sagte Wilfried, »man könnte sich's eine Weile darin ganz wohl sein lassen, besonders wenn man sich ausgetobt hat, übermüdet vom Vergnügen ist. Wer nicht deine Nerven hat, Papa –«

»*Meine* Nerven – ha, ha, ha! *meine* Nerven!« rief Graf Wedigo lachend und mit der zitternden Hand das Glas suchend. »Hast du einmal eine Violine gesehen, deren Steg umgefallen ist? Versuche, darauf zu spielen. Ah! es ist ein Elend, wenn man erst die Entdeckung macht, dass man überhaupt Nerven hat. Dann wird geschroben, geschroben – bis eben eines schönen Tages der Steg umfällt. Ha, ha, ha! wenn man die Sechzig hinter sich hat – oder nahe vor sich – ich weiß nicht einmal ... Es ist gleichgültig, ganz gleichgültig. Wenn der Steg umgefallen ist, ganz gleichgültig. Aber du mit deinen sechsundzwanzig – du bist hoffentlich noch in der glücklichen Lage, von deinen Nerven nichts zu wissen, mein Junge. Das einzige, was dich abspannt und stumpf macht, ist die Langeweile – hoffentlich – hi, hi, hi! Es gibt nichts Unerträglicheres in der Jugend; und im Alter ... ja, da auch, aber man wird geduldig – muss.«

Da Wilfried hierauf keine Antwort gab und nur ein leeres Glas mit dem Finger umzirkelte, so stockte die Unterhaltung. Bruno konnte glauben, dass man auf seine Entfernung warte, und packte denn auch seine Schriftsachen zusammen. »Du bleibst also fest,« sagte er zu seinem Vater, »und ich handle danach. Sonst nichts von Wichtigkeit.« Seinem Bruder nickte er zu. »Wir sehen einander wohl beim Diner.« Darauf verließ er das Zimmer.

»Bruno ist ein ausgezeichneter Geschäftsmann,« sagte Graf Wedigo spitz lächelnd und gleich darauf den Mundwinkel schief ziehend. »Fast zu scharf, zu berechnend für einen Mann seines Standes. Ich weiß wohl, wo er's her hat. In der Familie deiner Mutter waren einige vorzügliche Rechner. Es ist wunderlich, wie sich solche Eigenschaften vererben - solche und andere. Manchmal über ein paar Generationen hin! Man spricht viel davon, aber man weiß nichts Rechtes.«

Wilfried hörte schwerlich zu. Sein Blick hatte etwas nach innen Gewandtes, und nach einer Minute sagte er ganz außer Zusammenhang und offenbar durch einen mühsam erkämpften Entschluss geleitet: »Was ich dir noch mitteilen wollte, Papa – ich bin verlobt.«

Der alte Herr rückte auf seinem Stuhl zurück, öffnete die grauen Augen so groß, als die etwas abgesunkenen Lider dies erlauben wollten, und bewegte die schmalen Lippen wie zum Sprechen, ohne einen Laut vorzubringen. »Du bist – verlobt, Wilfried?« stammelte er endlich, noch immer ganz Verwunderung über diese überraschende Neuigkeit. »Aber wie ist das möglich – ? Wie ist das ... Ich habe doch nicht zu bemerken Gelegenheit gehabt ... Erstaunlich!«

»Ich bin verlobt, Papa,« wiederholte der Offizier nun ruhiger. »Nimm dieses Ereignis gütigst als eine vollendete Tatsache.«

»Ja, aber ... Wenn ich dir gratulieren soll – Ich habe wirklich keine Ahnung, mein lieber Junge – keine Ahnung.«

»Es hat sich ganz schnell so gemacht, Papa – dort in der neuen Garnison.«

»Dort? Immer erstaunlicher. Wer wohnt denn dort oder in der Umgegend? Ich will hoffen, dass nicht eine Tochter deines Regimentskommandeurs ... In dieser Familie ist manches vorgefallen. Der Bruder des Obersten hat eine reiche Jüdin geheiratet, und der älteste Sohn musste wegen Ehrenschulden, wenn ich nicht irre, seinen Abschied nehmen.«

»Das würde mich vielleicht nicht abgeschreckt haben,« antwortete Wilfried, »wenn eins der schönen und liebenswürdigen Fräulein mir eine Leidenschaft eingeflößt hätte. Aber du kannst insoweit ruhig sein. Ich wünschte, überhaupt. Aber, was ich dir mitzuteilen habe ... Ich kenne ja deine Ansichten in diesem Punkt und teilte sie bis vor kurzem. Mit einem Wort: das Mädchen, dem ich mich versprochen habe, ist – bürgerlich, die Tochter einer verwitweten Frau Konsul Bergmann.«

Der Alte wurde völlig blau im Gesicht und schien ersticken zu wollen, so dass Wilfried eilig aufsprang und ihm ein Glas Wasser eingoss.

»Ich wusste,« sagte er, »dass ich dich erschrecken würde. Aber was sollte ich tun? Ein Brief hätte wahrscheinlich noch üblere Wirkungen gehabt – ich trage ihn seit zwei Tagen in der Tasche, konnte mich aber nicht entschließen, ihn abzusenden. Und so schrecklich, Papa, ist die Sache am Ende doch nicht. Wenn du meine Paula kennen würdest –«

»Eine Bürgerliche!« stöhnte der Graf. Er zog aus der Westentasche ein Riechfläschchen und benutzte es mit lautem Schnaufen. »Eine Bürgerliche – eh, eh, eh! Ich will mich nicht echauffieren – es ist ja unmöglich. In unserer Familie noch nicht vorgekommen ... Unsinn, Unsinn! Wahrhaftig, es ist kein Grund, sich zu echauffieren. Aber einen schlechten Spaß muss ich's doch nennen, mein lieber Junge, den du dir da mit dem alten Papa erlaubst...« Er bemühte sich zu lachen und sah Wilfried forschend von der Seite an. Da dieser ganz ernst blieb und die Lippe biss, wurde er doch wieder stutzig. »Es ist ja Unsinn,« murmelte er bedenklicher. »Eine

Bürgerliche! Wenn da auch wahrscheinlich großer Reichtum ... Pah! er kann dich nicht gelockt haben. Also Unsinn.«

»Ich weiß nicht, ob die Frau Konsul reich ist,« entgegnete Wilfried. »Recht wohlhabend gewiss – aber es kommt darauf nicht an. Auch wenn Paula ganz arm wäre –«

Nun erhob sich Graf Wedigo so unvorsichtig hastig von seinem Stuhl, dass er gleich wieder mit einem schmerzlichen Aufschrei zusammenknickte. Er ächzte dann eine Weile leise und drückte die Hand in den Rücken.»Aber das sind ja – Torheiten – die gar nicht – zu dir passen,« winselte er. »Sich ernstlich – in so etwas – zu verlieben – eh, eh!«

Wilfried nahm seine Hand. »Es ist schwer, mit dir über dergleichen zu sprechen, Papa,« sagte er.»Ich kann es durchaus verstehen, dass du kein Verhältnis dazu findest. Ich selbst, wenn ich in mich zurückkönnte, wie ich noch vor einigen Monaten war, würde mich wahrscheinlich auslachen oder noch weniger glimpflich mit mir umgehen. Aber ich kann nicht – ich bin ein anderer geworden, durch und durch ein anderer. Die Liebe eines engelschönen und engelreinen Mädchens hat mich verwandelt. Das ist in deinen Augen eine lächerliche Vorstellung, und ich weiß keine Worte zu finden, die dich von dem heiligen Ernst meiner Neigung zu überzeugen vermöchten. Nur die Tatsache kann ich dir entgegenbringen, dass ich verlobt bin und fest entschlossen, Paula zu meinem Weibe zu machen. Nichts wird mich davon abbringen, auch dein Zorn nicht. Aber es würde mich sehr traurig stimmen, dich erzürnt zu wissen und gegen deinen ausgesprochenen Willen handeln zu müssen, mein guter Papa, und so habe ich die herzliche Bitte anzuschließen: glaube mir, dass ich meiner ganz sicher bin, und füge dich freundlich in das Unabänderliche.«

Der alte Graf hatte die beiden Arme auf die Seitenlehnen des Sessels gestützt und hing mit dem Oberkörper darin. Der schwere Kopf senkte sich mit dem Kinn auf die Brust – ein mit Farbe bemalter Totenkopf mit aufgesetzter Perücke.»Was ist das – was ist das – was ist das?« murmelte er. »Mein ältester Sohn – mein Besitznachfolger im Familiengut – meine Hoffnung, mein Stolz ... Unmöglich, unmöglich!«

»Ich habe alle erschwerenden Umstände gewissenhaft in Rechnung gezogen,« fuhr Wilfried fort; »der erschwerendste ist mir, dass ich deine Zustimmung nicht zu erhoffen habe, kaum ein gütiges Gewähren lassen. Dem Offizierstande zu entsagen, dem ich sehr zugetan bin, wird mich diese Heirat nicht nötigen. Sie wäre für meine Person gesetzlich auch kein Grund, einmal die Fideikommisserbschaft anzutreten. Aber nach den alten Familienstatuten würde der Sohn aus der Ehe mit einer Bürgerlichen allerdings nicht erbberechtigt sein, und der Gedanke widersteht mir durchaus, ihn gleichsam gegen mich herabzusetzen und an die Vorstellung zu gewöhnen, er sei durch seine Mutter minderwertig. Ich kam daher zugleich mit der Absicht her, dir einen Verzicht auf die Familiengüter zu Gunsten meines Bruders anzubieten.«

»Wilfried!« rief der Alte, aus seinem Brüten aufschreckend, ganz entsetzt.

»Ich werde mit Bruno sprechen und zweifle nicht, dass er mir die Last abnehmen wird. Willst du auf mich übertragen, was du sicher ihm zugedacht hast, so werde ich dir allezeit dankbar sein. Aber auch ohne dies reicht wohl das von der Mutter ererbte Vermögen völlig aus, mich im Leben unabhängig zu stellen und mir sogar eine standesgemäße Haushaltung zu ermöglichen. Paula geizt nicht nach der Ehre, die Frau eines Majoratsbesitzers zu werden, und ist so bescheiden erzogen, dass sie sich auch in noch engeren Verhältnissen wohl fühlen würde.«

Der alte Herr wiegte das Kinn mit dem schweren Haupt immer tiefer in den Stehkragen hinein, vielleicht nicht einmal nachdenklich – was er hörte, überwältigte ihn im Augenblick ganz und gar –, sondern um nur irgend ein sichtliches Zeichen seiner Unzufriedenheit zu geben. Es veränderte sich das ganze Bild, das er sich von der Zukunft ausgemalt hatte, mit einem Schlage so vollständig, dass er eine Leere vor sich sah, die sich noch mit nichts füllen wollte. Zur Opposition fühlte er sich zu schwach; er musste eine Ableitung suchen, die ihn wenigstens über die nächsten Minuten hinbringen könnte. »Aber sage mir nur – wie hat das – geschehen können –« murmelte er fast unverständlich.

»Es ist da wenig zu erzählen,« antwortete Wilfried. »Ich sah Paula auf einem Ball, ließ mich ihr vorstellen und tanzte diesen Abend nur noch mit ihr. Sie ist unbeschreiblich schön und anmutig. Da war's schon entschieden. Ich bat die Mutter – eine in der Gesellschaft hochgeachtete Dame –, in ihrem Hause meinen Besuch abstatten zu dürfen, und wurde freundlich willkommen geheißen, wie viele Kameraden vor mir. Frau Konsul Bergmann hatte einen Jourfix angesagt; ich versäumte ihn nie. Auch in anderen Häusern hatte ich Gelegenheit, Paula zu sehen, zu sprechen, endlich von meiner tiefen Neigung zu überzeugen. In alledem ist gar nichts Romantisches oder Außergewöhnliches. Das Außergewöhnliche ist allein Paulas Persönlichkeit und der bezwingende Eindruck, den sie auf einen vom Glück sehr verwöhnten und zum Leichtsinn neigenden Menschen übte.«

»Und die Mutter –?«

»Wir glaubten ihr noch aus unserer stillen Verlobung ein Geheimnis machen zu müssen, bis du dich geäußert hättest.«

»So – so – so!« presste der Graf mit sichtlicher Anstrengung zwischen den bläulichen Lippen vor. Gleich darauf sank ihm das Haupt ganz herunter. Wilfried sprang zu und umfasste ihn. »Mir ist – sehr – unwohl,« hörte er ihn leise sagen. Er schellte. Jakob half ihm, den alten Herrn in das Schlafzimmer zurückzuführen, wo er aufs Bett gelegt wurde und sich bald erholte, aber allein zu bleiben wünschte.

Die Brüder hatten eine lange Unterredung.

Bruno war aufs eifrigste und anscheinend auch aufrichtigste bemüht, Wilfried von seinem Vorhaben abzubringen. »Ich nehme einen solchen Verzicht nicht an,« sagte er ihm. »Du bist toll verliebt, also nicht voll zurechnungsfähig. Lass den ersten Sturm der Leidenschaft austoben. Am besten hier oder in noch weiterer Entfernung von dem Gegenstande der Beunruhigung. Erbitte dir schriftlich einen längeren Urlaub zur Ordnung, irgendwelcher geschäftlicher Angelegenheiten auf unseren auswärtigen Gütern. Es gibt da wirklich allerhand zu tun. Wenn du zurückkehrst, wirst du kühler denken.«

Wilfried schüttelte den Kopf. »Es wird sich in meinem Gefühl für Paula nichts verändern, weder in einer kurzen noch in einer langen Spanne Zeit,« entgegnete er. »Du sprichst von Verliebtheit – aber das war kaum auch nur meine erste Empfindung, als ich sie sah und zum Tanz führte. Es gibt einen Zwang der Seelen zu einander ... Du lächelst. Gut, du hast ihn bisher nicht gekannt, wirst ihm vielleicht nie unterworfen sein. Wir sind in vielem verschieden veranlagt, aber glaube mir, hier spricht nicht nur mein lebhafteres Temperament, meine leidenschaftlichere Natur. Ich habe Erfahrungen und kann darauf ein Urteil gründen. Paula erfüllt mich ganz mit einer übersinnlichen Neigung, von deren Mächtigkeit sich niemand einen Begriff machen kann, der nicht selbst in ihrem Bann gestanden hat. Deshalb gibt es gegen sie gar keine vernünftige Erwägung. Der Entschluss, mir Paula für das ganze Leben zu verbinden, ist unumstößlich, und daraus ergibt sich das Weitere.«

Bruno bat ihn, doch wenigstens nichts zu übereilen, was einen Aufschub ermöglichte. Auf seine fideikommissarischen Rechte zu verzichten, werde er noch immer Zeit haben, wenn sich der Anfall ereigne. Und auch dann sei es zu früh. Man müsse solche Dinge ganz kühl vom Standpunkt des praktischen Lebens betrachten. Es sei ja noch keineswegs gewiss, dass Paula ihm einen Sohn schenken werde, und dass sie ihn überlebe. Wenn er dann eine ebenbürtige Ehe eingehe – »Es wäre mir sehr peinlich, dir dann im Wege zu stehen,« schloss er, »und es verstünde sich doch von selbst, dass ich, wenn ich jetzt an deine Stelle träte, nichts versäumen dürfte, den Besitz der Familie zu erhalten. Ich wäre vielleicht nach zehn oder zwanzig Jahren gar nicht mehr in der Lage, deinen vorschnellen Entschluss rückgängig zu machen, wenn ich selbst successionsfähige Nachkommenschaft hätte. Bedenke das.«

Wilfried hatte fast gepeinigt zugehört. »Deine Gründe sind gewiss trefflich,« antwortete er, »sie haben nur den einen Fehler, dass sie mein Gefühl nicht überzeugen. Fordere ich die Zustimmung des Vaters, so ist es meine Pflicht, ihn darüber zu beruhigen, dass das Familienerbe seinem Stamme gesichert bleibt, und Paula selbst darf sich keinen Augenblick als ein Hindernis ansehen. Schlage also ein und stehe mir bei, friedlich durchzusetzen, was bei deinem Widerspruch wahrscheinlich nicht ohne schweres Zerwürfnis erreicht, werden könnte.«

Bruno fügte sich widerwillig. »Ich werde dem Vater ganz verhasst werden,« sagte er achselzuckend.

Der alte Graf versuchte am folgenden Tage noch einmal, Wilfried auf andere Gedanken zu bringen. Nachdem der lähmende Schreck überwunden war, wurde er sogar ganz energisch und gab sich den Anschein, halsstarrig von seinen aristokratischen Anschauungen keinen Zollbreit weichen zu wollen. Wilfried ließ sich nicht einschüchtern und nicht überreden. Es frage sich nur, ob er seinen Sohn verlieren wolle, wenn er nicht nachgebe.

Nun wurde der schwache Mann wieder weich. »Ich will jedenfalls erst mit eigenen Augen sehen, was dich so verzaubern und um allen Verstand bringen konnte,« sagte er endlich. »Stelle mir Paula vor, ich gebe dir das Versprechen, ihr nicht kränkend begegnen zu wollen.«

Wilfried küsste seine Hand. »Du bist die Güte selbst, Papa,« schmeichelte er. »Ich reise noch heute in meine Garnison zurück. Willst du mich begleiten, oder wann darf ich deinen Besuch erwarten?«

»Meinen Besuch? Ich glaubte, hier wäre der Ort –«

»Wie könntest du von Paula verlangen, dass sie dir so entgegenkäme? Nie würde ihre Mutter einwilligen.«

»Hm – hm! Sind die Leute so stolz?«

»Ich setze es als selbstverständlich voraus, Papa. Nein, die Fahrt dorthin und die erste Visite könnte ich dir nicht ersparen.«

Graf Wedigo gab auch darin nach. »Aber ich behalte mir die freieste Entscheidung vor,« sagte er, seinen Rückzug deckend. »Ich beweise dir meine Zärtlichkeit, indem ich einwillige, das Fräulein zu sehen; damit habe ich mich noch zu nichts weiterem verstanden – zu gar nichts weiterem, mein lieber Junge.«

Wenngleich die Eisenbahnfahrt nur wenige Stunden dauerte, schien Graf Wedigo ihr Ende kaum abwarten zu können. Er bereute wohl schon im stillen, soweit nachgegeben zu haben, und brannte doch vor Ungeduld, dieses wundersame Wesen kennen zu lernen, das seinen Sohn so gänzlich außer sich gebracht hatte.

Wilfried war ein schlechter Gesellschafter heute. Auch ihn quälte die Unruhe, wennschon sie anderer Art war. Würde sein Vater bestätigt finden, was er ihm in Aussicht stellte? Könnte er diese ganz eigene Schönheit, diese jungfräuliche Lieblichkeit würdigen? Er fürchtete den lüsternen Blick des alten Roués, den er so oft bei der Begegnung mit jungen Damen auf der Straße und im Salon zu beobachten Gelegenheit gehabt hatte. Paula durfte auch durch einen Blick nicht beleidigt werden. Aber es ließ sich darüber natürlich nicht sprechen.

Wilfried bot ihm seine Wohnung an, zu der ein bequem eingerichtetes Schlafzimmer gehöre. Er selbst wolle auf dem Sofa schlafen oder sich im Kasino ein Zimmer zur Nacht geben lassen. Aber sein Vater schlug dieses Anerbieten aus und nahm Quartier in einem nahegelegenen Hotel. Er hatte Jakob mitgenommen, der seine Bedürfnisse kannte und ihnen auch auf Reisen zu genügen wusste. Er wünschte, Wilfried nicht zu nahe zu sein, wenn eine Katastrophe doch unvermeidlich würde, wie er eigentlich voraussetzte. Nach einer Aussprache musste die Trennung unverzüglich erfolgen können.

Sie dinierten zusammen im Hotel. Auch dabei kam das Gespräch nicht recht in Fluss, zumal beide über das zu sprechen vermieden, was ihnen in Gedanken lag. Erst als Wilfried den Vater in dessen Zimmer begleitet hatte, musste er ihn wohl fragen, wann er ihn abholen dürfe. »In zwei Stunden werde ich bereit sein können,« antwortete der Graf, und dann nach einer kleinen Weile, da Wilfried zu zögern schien: »Du bist nicht anderen Sinnes geworden, setze ich voraus. Sonst... Ich will die Fahrt gern umsonst gemacht haben.«

»Ich werde nach zwei Stunden anfragen, ob du genügend ausgeruht bist,« sagte der Offizier, sich hoch aufrichtend. Gleich wieder beugte sich der Nacken. »Ich wollte dich nur bitten, Paula nicht in Verlegenheit zu setzen, Papa. Sie ist so zartfühlend und so wenig gewohnt –«

Der Alte lachte auf und zwinkerte dabei mit den Augen. »Du scheinst mir nicht allzu viel Lebensart zuzutrauen,« fiel er ein, »– hä, hä, hä! ich werde das Püppchen ganz sanft anfassen, ganz sanft – verlasse dich darauf, mein Junge.«

»Paula ist kein Püppchen,« entgegnete Wilfried, »leidet auch nicht an schwachen Nerven. Wenn sie dich aber sieht, wird sie wissen, weshalb du kommst, und vielleicht befangen sein. Das wäre ganz erklärlich. Ein Scherz, wie du ihn liebst, könnte sie leicht verletzen, jedenfalls beunruhigen –«

»Aber glaubst du denn, dass mir scherzhaft zu Mute ist?« beschwichtigte der Graf in seiner Weise. »Ich bin ein Thor gewesen, dir nachgegeben zu haben – es fällt mir schon stark aufs Gewissen. Ja, ja, ja! was soll's? Du spekulierst auf meine Gutmütigkeit, aber ich bin entschlossen, sie nicht missbrauchen zu lassen. Was ich zugestanden habe, ist eine Visite, nichts weiter. Es soll da von der Sache gar nicht die Rede sein, verstehst du? Ich will vorläufig nur sehen, nichts weiter. Und deshalb – was ich dir noch einschärfen wollte – bereite die Damen gar nicht auf meinen Besuch vor. Hörst du? Geh nicht vorher allein hin, lass sie gar nicht wissen, dass du zurück bist. Ich möchte sie völlig überraschen, um sicher zu sein, dass sie sich ganz so geben, wie sie sind. Ich sehe dann besser. Versprich mir das.«

»Gern, Papa. Ich habe dabei nichts zu befürchten,« versicherte Wilfried. »Du wirst selbst verwundert sein, wie unrichtige Vorstellungen du dir gemacht hast.«

Nachdem der alte Herr geschlafen hatte und von Jakob wieder auf die Beine gebracht war, stand er auffallend lange vor dem Spiegel, seine Perücke zu glätten, das Schnurrbärtchen aufzurichten und der Krawatte den rechten Sitz zu geben. Wilfried traf ihn noch bei dieser Beschäftigung.

»Wenn wir zurückkommen, besehen wir deinen Stall, mein Junge,« sagte er. »Ich bin neugierig, wie sich Rattay nach dem letzten Rennen, das ihn stark mitnahm, wieder gekräftigt hat. Die Melusine reitest du wohl als Chargenpferd? Sie ist kräftig gebaut und ausdauernd. Troll wird werden.«

Der Leutnant nickte nur, reichte dem Grafen den Arm und führte ihn die Treppe hinab, was einige Zeit erforderte. »Willst du fahren?« fragte er.

»Ist's weit?«

»Nein. Jenseits der alten Brücke siehst du eine Reihe von Villen. Die dritte gehört der Frau Konsul Bergmann. Man geht am Fluss entlang.«

»Gut, gehen wir. Ich fühle mich durchaus frisch. Findest du nicht, dass mein Gang wieder elastischer geworden ist? Ich brauche seit einiger Zeit ein Elixier – hm, hm! teuer, aber wunderbar wirksam.« –

Sie schickten durch das Mädchen ihre Visitenkarte hinein und wurden sogleich vorgelassen.

»Eine niedliche Person,« konnte der Graf sich nicht enthalten über die Schulter hin zu äußern.

Die Frau Konsul, eine sehr würdige Dame in schwarzem Atlaskleide und mit einem schwarzen Spitzenhäubchen auf dem ergrauenden Scheitel, war vom Lehnstuhl am Fenster aufgestanden und den Herren entgegengegangen. Ihr gutmütiges rundes Gesicht, aus dem ein Paar freundliche Augen leuchteten, lächelte befriedigt. Sie wendete sich sogleich dem alten Herrn zu und sagte: »Es freut mich, Sie in meinem Hause begrüßen zu können, Herr Graf. Ihr Herr Sohn hat so oft von Ihnen gesprochen, dass Sie mir kein Fremder mehr sind.« Sie nickte dem Offizier zu, der ihr nun nähertretend die Hand küsste.

»Höre, dass Sie sich meines Jungens sehr gütig angenommen haben, gnädige Frau,« näselte Graf Wedigo, dem die vornehme Haltung der alten Dame sichtlich imponierte. »Wollte einmal nachsehen, wie mein Sohn hier in seiner neuen Garnison wohnt, und dabei die Gelegenheit nicht versäumen, besten Dank zu sagen.«

»Sehr gütig, Herr Graf,« antwortete die Frau Konsul, sich leicht verbeugend und zugleich durch eine Bewegung der Hand zum Niederlassen nötigend. »Dem an die Großstadt Gewöhnten erscheint es hier gewiss sehr still und einsam, so dass er auch mit so bescheidener Unterhaltung vorliebnimmt, wie sie mein Haus bieten kann.«

»Ein reizender Besitz,« rühmte der Graf. »Der Garten scheint sich hoch am Flussufer hinaufzuziehen, und dort aus dem Erkerfenster hat man einen freien Ausblick auf die Stadt mit ihren hochragenden Kirchdächern und Türmen. Sehr hübsch – sehr hübsch.«

»Mein verstorbener Mann baute die Villa, bald nachdem er hierher übergesiedelt war,« erklärte die alte Dame. »Seine schwache Brust vertrug die scharfe Luft der Seestadt nicht. Damals war sein Bruder hier Bürgermeister, das zog ihn nach diesem Ort. Er ist nun auch schon nicht mehr am Leben. Wir wohnten anfangs in der Stadt selbst, es wurde uns da aber zu beklommen. So bauten wir uns denn hier außerhalb an und fanden bald Nachfolge, wie Sie bemerkt haben werden. Die Aussicht von dem kleinen Tempel oben über Stadt und Land ist noch schöner, aber wir wollten der Bequemlichkeit wegen mit dem Hause selbst nicht so hoch hinauf.«

Wilfried rühmte besonders die Abendbeleuchtung. »Wir haben da manchmal den Tee getrunken. Es gibt kein hübscheres Plätzchen, und es führt ein sehr gelinder Weg hinauf, der auch dir kaum Schwierigkeiten bieten würde, Papa.«

»Er tut, als ob ich schon ein ganz gebrechlicher Greis wäre,« schmollte Graf Wedigo, sich in den Schultern aufrichtend. »Es geht noch, es geht noch, wenn auch im langsamen Schritt - es geht noch.«

»Sie könnten es gleich heute beweisen,« meinte die Frau Konsul. »Wenn die Herren nichts Besseres zu tun haben und bei mir den Tee einnehmen wollen - aber ich mag nicht lästig fallen.«

»Sehr liebenswürdig,« murmelte der Graf, »außerordentlich liebenswürdig. Allerdings mit der Zeit diesmal etwas pressiert. Hoffe aber, nicht das letzte Mal hier gewesen zu sein. Wenn Sie erlauben wollen, dass ich mir die wirklich sehr liebenswürdige Einladung - bis zum nächsten Besuch - bei meinem Sohn ...«

Seine Rede hatte sich immer mehr verlangsamt und zuletzt in ein unverständliches Gemurmel verflüchtigt. Es war nämlich unter der Portiere, welche die breite Thür zum Nebenzimmer verhängte, eine große und schlanke junge Dame vorgetreten, um sogleich zu stutzen und mit den dunklen Augen hineinzufragen, ob sie nicht störe. Sie trug ein Kleid von gelblicher Wolle, durch einen goldig glänzenden Schuppengürtel zusammengehalten, und hatte die lockigen schwarzbraunen Haare mit einer Spange hoch aufgenommen. Die Wangen röteten sich merkbar, und der ungemein liebliche Mund blieb ein wenig geöffnet, so dass hinter der vollen Lippe der feuchte Schmelz der kleinen Zähne schimmerte.

Graf Wedigo schien alle Vorsicht zu vergessen und starrte die wundersame Erscheinung an, als gälte es mehr zu sehen als ein schönes junges Mädchen, auf das er doch vorbereitet war. »Ihr Töchterchen?« stotterte er endlich.

Wilfried empfand eine stille Genugtuung wegen des unverkennbar tiefen Eindrucks.

»Paula,« antwortete die Frau Konsul. »Tritt näher, Kind,« wendete sie sich nun an diese. »Herr Graf Pahlen, der Vater unseres Freundes, hat die Güte, uns mit seinem Besuch zu beehren.«

»Ich konnte mich in der Person nicht täuschen,« sagte Paula mit einer tiefen klangvollen Stimme, die den Gast veranlasste, den Kopf noch höher zu heben und wie überrascht zu lauschen. »Welche Freude, Herr Graf, Sie bei uns begrüßen zu können!« Sie ging auf ihn zu und reichte ihm, ehe er noch aufstehen konnte, die schmale Hand, durch deren feine Haut die blauen Äderchen schimmerten. Lächelnd fuhr sie fort: »Ich träumte übrigens letzte Nacht von Ihnen. Kein Wunder, da sich meine Gedanken viel mit Ihnen beschäftigten. Sie schienen aber sehr böse zu sein und wollten mir nicht gestatten, Ihnen die Hand zu küssen. Das machte mich sehr traurig, und darüber wachte ich auf.«

»Wie erkannten Sie mich denn?« fragte der Graf, kein Auge von ihr lassend.

»Nach einer Photographie, die Ihrem Herrn Sohn gehörte,« antwortete sie schelmisch. »Wie ich jetzt sehe, ist sie sehr ähnlich, aber es fehlt dem Bilde der freundliche Zug des Originals der gleich Vertrauen erweckt.«

»Sonderbar,« murmelte der Graf. »Eine Photographie von Ihnen ist mir sicher nicht vor Augen gekommen, mein Fräulein, und doch ist mir's, als hätte ich Sie – hm, hm! als hätte ich Sie auch schon einmal gesehen. Sonderbar – sonderbar ...«

Wilfried mischte sich nun in die Unterhaltung und gab, indem er sie auf den allgemeinen Gesprächsstoff überleitete, Paula Gelegenheit, sich über die Dinge um sie her zu äußern. Es geschah mit heiterer Ruhe, ohne besondere Anspannung der Seelenkräfte, immer maßvoll und bescheiden, aber sicher im Ausdruck und bestimmt im Urteil. Der alte Graf gewann immer mehr die wohltuende Empfindung, nicht als Fremder in diesen Kreis getreten zu sein, sondern eine alte Bekanntschaft fortzusetzen. Er bat nun selbst um die Vergünstigung, den Abend hier verbringen zu dürfen.

So verlor der Aufenthalt in der Villa mehr und mehr den Charakter einer Visite. Die Frau Konsul war mit Paula viel auf Reisen gewesen. Es lagen Mappen mit Fotografien und Aquarellen in den Fächern eines Gestells, geordnet nach den Ländern, die man gesehen hatte: Deutschland, Schweiz, Italien, aber auch Frankreich, Holland, Norwegen. Sie wurden geöffnet und mit Auswahl besichtigt, wodurch sich der Unterhaltungsstoff angenehm erweiterte. Mit feinem und sicherem Geschmack war überall das Charakteristische gewählt. Wilfried rühmte Paulas Talent, nach der Natur zu zeichnen; ihre Skizzenbücher seien noch interessanter als diese meist nur mechanischen Abschriften der Natur. Der Graf sprach sogleich den Wunsch aus, sich davon selbst überzeugen zu dürfen, und Paula fügte sich ohne Ziererei, nur mit der Bitte, von diesen Erinnerungsblättchen, die ihr die Stelle eines Reisetagebuches verträten, keine künstlerische Befriedigung zu erwarten. Der Graf war jedoch genug Kenner von Handzeichnungen, um hier eine mehr als dilettantische Fertigkeit ohne Schmeichelei bewundernd anerkennen zu können.

»Ich hatte vor ein paar Jahren die stärkste Neigung, mich zur Malerin auszubilden,« bemerkte sie, »und es wäre vielleicht auch eine aus mir geworden. Aber ich hatte mich von meiner lieben Mama trennen und überhaupt aufhören müssen, mein beschränkt bürgerliches Dasein fortzusetzen, doch immer auf die Gefahr hin, nichts von Bedeutung in der Kunst zu erreichen. Ich war feige und brach die Brücke hinter mir nicht ab. Nun muss es schon bei solcher Stümperei bleiben, die mir selbst wenigstens großes Vergnügen bereitet.«

Man ging in den Garten. Die Herren durften die gewohnte Zigarre rauchen. Die Frau Konsul selbst brachte eine Kiste herbei, die sie, wie sie sagte, für liebe Gäste bereit halte, denen der Besuch bei einer alten Frau nicht zu schwer fallen solle. Der Abendtisch war im Gartenhäuschen gedeckt, von dem man wirklich eine entzückende Aussicht über die Stadt hin auf die weite Ebene hatte, die der blitzende Fluss durchzog. Es waren gar keine Umstände gemacht. Paula bereitete den Tee, für den zierliche Tassen von chinesischem Porzellan bereit standen. Zum Nachtisch von ausgesucht schönen Früchten, die in einer silbernen Schale die Tafel geschmückt hatten, wurde ein Wein angeboten, den der alte Feinschmecker zu würdigen wusste. Er brachte ihn auf ein Thema, bei dem er immer gern verweilte, aber auch die Frau Konsul verfügte über Spezialkenntnisse, die ihn verwunderten. Ihr Mann habe von seinem Vater einen Weinkeller ererbt, erklärte sie, und ihn in gutem Bestande erhalten. Seinem Andenken sei sie es schuldig gewesen, das Verzeichnis zu studieren, so dass sie nun wohl eine passende Auswahl wagen dürfe.

Die alte Dame gefiel dem Grafen sehr. Er fühlte sich überhaupt äußerst behaglich und fing an, launige Bemerkungen zum Besten zu geben, die schon auf der Grenze des Erlaubten standen. Wilfried meinte, es sei überraschend schnell kühl geworden, und riet, ins Haus zurückzugehen. Dort setzte er sich ans Klavier und spielte aus dem Gedächtnis. Paula trat zu ihm. Sie sprachen flüsternd miteinander, während Graf Wedigo mit der Dame des Hauses plauderte. Er hatte dabei doch Augen für das schöne Mädchen.

»Sie spielen gewiss auch, mein Fräulein,« warf er hin.

»Ein wenig,« antwortete sie, »aber wirklich nur für den Hausge-
brauch.«

»Fräulein Paula ist zu bescheiden,« versicherte Wilfried, »sie spielt sehr
fertig.«

»Fertig spielt auch eine Mechanik,« wendete sie neckisch ein.

»Seele ist in allem, was Sie tun.«

»O – o!«

»Noch mehr freilich in Ihrem Gesange als in Ihrem Klavierspiel.«

»Sie singen?« fragte der Graf. »Das muss ich hören.«

»Ich darf Sie begleiten, nicht wahr?« sagte Wilfried.

Sie holte aus dem Schränkchen Noten und legte sie auf. »Ist's nicht besser, ich begleite mich selbst?«

Er sah sie mit einem bittenden Blick an. »Ich werde sehr aufmerksam
sein.«

Paula stellte sich seitwärts von seinem Stuhl und sang mit einer wun-
dervollen Altstimme ein paar Lieder, denen ihr Vortrag tiefste Empfindung gab. Der Graf merkte wieder, ganz eigen überrascht, auf, als ob er
nach einer Erinnerung suchte, klatschte dann aber laut Beifall und erging
sich in Lobeserhebungen, bei denen er die kühnsten Vergleiche mit ge-
feierten Sängerinnen anzog, die er da und dort nach dem Konzert das
Vergnügen gehabt hatte, zum Souper einzuladen.

Es war nicht mehr früh, als Vater und Sohn endlich aufbrachen. Der alte Herr küsste der Frau Konsul galant die Hand. Lassen Sie sich noch
einmal ansehen, mein Fräulein,« schmunzelte er beim Abschied von
Paula. »Sonderbar – sonderbar!«

Wilfried rief einen Wagen an und nannte dem Kutscher das Hotel. »Es
ist doch besser, Papa, nach dieser Emotion ...«

»Sonderbar – sonderbar!«

Sie sprachen während der Fahrt nicht. Als Wilfried sich verabschiedete,
fragte er: »Hast du mir gar nichts zu sagen, Papa?«

»Morgen, morgen, mein Junge – morgen. Ich will's beschlafen.«

»Also morgen.«

Wilfried fand den Vater am nächsten Vormittag in einer Aufregung,
die ihn anfangs beängstigte. Die Nacht war nicht gut gewesen; er hatte
ein Medikament einnehmen müssen, um sein Herz zu beruhigen, und
nun hatte sein Gesicht, trotz aller Toilettenkünste, etwas Fahles, Abge-

standenes, Schlotteriges. Es war, als ob er vergeblich Mühe aufwendete, lächelnd die Komödie des Lebens auch diesen Tag weiterzuspielen. Er schien in Verlegenheit, wie er sich zu seinem Sohn stellen sollte, und redete eine Weile um die Dinge herum, bis Wilfried ungeduldig wurde und geradeaus fragte: »Wie hat Paula dir gefallen. Papa?«

»Gefallen! Ah – pah! gefallen –!« rief der alte Herr, sich mit jedem Wort mehr aufregend. »Gefallen – das sagt nichts. Sie ist das schönste Mädchen, das ich je gesehen habe – liebenswürdig, talentvoll, auf der Höhe, ganz auf der Höhe. Sie hat – wie soll ich's nennen? – etwas natürlich Aristokratisches und dabei so ein Unbeschreibliches – äh, äh!«

»Ich war meiner Sache gewiss,« sagte Wilfried beruhigt. »Aber ich freue mich, Papa, dass du so ohne Rückhalt –«

»Ohne Rückhalt? Ah – pah!« fiel der Graf fast ängstlich ein. »Wie kann ich ohne Rückhalt ... Ich lobe deinen Geschmack, ich finde es sehr begreiflich, dass du dich in das schöne Fräulein verliebt hast – hm! ich finde es sogar begreiflich, dass du auf den tollen Gedanken einer Heirat –«

»Papa!«

»Ja – toll bleibt der Gedanke doch. Das ist's eben, was mich ganz verstört. Ich habe gehofft, ihn dir leicht aus dem Kopf bringen zu können, wenn ich dir so weit nachgab, mit eigenen Augen zu prüfen. Und nun fehlt mir beinahe schon der Mut ... Das beschwert mich sehr. Denn meine Pflicht – du wirst zugeben, dass es meine väterliche Pflicht ist, die Vernunft walten zu lassen. Sei in anderen Dingen so unvernünftig, wie du willst, mein lieber Junge, ich werde dir nicht die Weisheit des Alters predigen. Aber was eine Heirat anbetrifft – nein, nein! da ist jeder Leichtsinn vom Übel.«

»Ich glaubte, dieser Punkt sei erledigt, bester Papa,« sagte Wilfried mit einem Seufzer. »Gibst du mir recht, dass der Besitz Paulas mich sehr beglücken könnte?«

»Ohne Frage, ohne Frage. Es ist wirklich jammerschade, dass ihre bürgerliche Herkunft –«

»Erörtern wir diesen Umstand nicht weiter,« fiel, der Offizier ungeduldig ein. »Ich will gar nicht von abgelebten Vorurteilen sprechen. Ich gebe dir da willig die Regel zu, lass mir aber die Ausnahme. Es ist dies wahrlich ein besonderer Fall, denke ich, für den sie gelten darf.«

Die Verhandlung über diesen Gegenstand war damit nicht beendet, aber Graf Wedigo verteidigte schwächer und schwächer seine Stellung und gab sie endlich auf. »Thu denn, was du nicht lassen kannst, mein

Junge,« sagte er seufzend, »aber mache mir keine Vorwürfe, wenn du später doch nicht findest, was du erwartet hast. Ich werde mich mit Bruno zu verständigen suchen und jedenfalls dafür sorgen, dass deine Zukunft gesichert ist.«

Wilfried küsste ihm die Hand. »Und nun lasse dich auch noch zu einem Letzten bewegen,« rief er, »sprich selbst mit der Frau Konsul. Ich hoffe, dass sie dann weniger Bedenken tragen wird, unseren Wünschen zu willfahren.«

»Ich denke, sie wartet nur auf eine Erklärung,« meinte der Alte. »Es kann ihr gefallen, dass ein Graf Pahlen um ihrer Tochter Hand anhält.«

»Ich weiß doch nicht, Papa,« entgegnete Wilfried. »Bei aller Freundlichkeit, mit der sie mir den Umgang in ihrem Hause gestattet hat, musste mir's doch scheinen, dass es geschehen ist, weil sie eine Annäherung meinerseits über eine gewisse Grenze hin für ausgeschlossen hielt. Das meint auch Paula.«

Graf Wedigo ließ sich endlich auch zu diesem Schritt bewegen. Es war, als hätte er gar keinen eigenen Willen mehr. Er begab sich denselben Vormittag noch nach der Villa Bergmann und fand die Frau Konsul zu Hause. Sie war offenbar über sein schnelles Wiederkommen überrascht.

Mit mancherlei Umschweifen und nach einer Einleitung, die seinen Standpunkt wahrte und das Abgehen von ihm entschuldigte, brachte er seine Werbung vor.

Die Frau Konsul verlor auch jetzt ihre ruhige Haltung nicht, wurde aber sehr ernst und schien eine Weile unschlüssig, welche Antwort sie geben sollte. Sie sah vor sich hin und presste die Lippen zusammen, ihre Stirn rötete sich. Jedenfalls bewegte sie der Antrag nicht so freudig, als der Gast vorausgesetzt hatte. Endlich sagte sie leise und zögernd: »Es ist ja selbstverständlich, Herr Graf, dass der Antrag Ihres Herrn Sohnes für Paula sehr ehrend ist, und dass auch ich die Ehre zu schätzen weiß, die Sie mir durch seine Vermittlung erweisen. Ich will ganz aufrichtig sein. Es ist mir natürlich nicht unbemerkt geblieben, dass Ihr Herr Sohn sich für Paula interessierte. Ich glaubte, mich nicht einmischen zu sollen, weil mein Widerspruch wahrscheinlich nur seine Leidenschaft gesteigert und ihn zu unbedachtem, dem Rufe des jungen Mädchens schädlichem Vorgehen veranlasst hätte. Ich rechnete darauf, dass er nach kurzer Zeit selbst die Hoffnungslosigkeit seiner Wünsche einsehen und sich zurückziehen werde; ich kannte ja die Hindernisse, die sich einer Verbindung mit Paula in den Weg stellen mussten. Und – dass ich auch dies nicht verschweige – ich war fest überzeugt, dass er äußerstenfalls sich Ihnen,

Herr Graf, nicht eröffnen könnte, ohne sofort überzeugt zu werden, dass jede weitere Bemühung vergeblich sein würde. Als Sie ihn gestern zu mir begleiteten, war es mir nicht sicher, ob Sie über seine Absichten unterrichtet seien, oder nur seinem Wunsche folgten, vorerst Paula kennen zu lernen. Jetzt freilich schwindet jeder Zweifel, und sogar darüber geben Sie mir die ganz unvermutete Gewissheit, dass Sie Ihre Bedenken fallen zu lassen gewillt sind. Da muss ich nun freilich Stellung nehmen.«

»Hoffentlich wird es Ihnen nicht schwer, verehrte Frau, das junge verliebte Volk glücklich zu machen.« sagte der Graf, mit dem Kopf wackelnd und mit den Augen vergnügt blinzelnd.

Wieder überlegte die Frau Konsul die Antwort eine Weile, für Graf Wedigos Gefühl beleidigend lange. Dann entgegnete sie:»Wenn es von mir allein abhinge, Herr Graf - ich weiß nicht, ob ich mit ungeteilten Empfindungen meine Zustimmung zu einer so ungleichen Partie geben würde; aber geben würde ich sie, wenn ich meiner Tochter Neigung stark genug wüsste, alle die störenden Einflüsse überwinden zu können, die sich notwendig in Ihren Kreisen gegen die bürgerliche Frau kehren. Aber ich habe hier die letzte Entscheidung nicht. Sie müssen erfahren, Herr Graf, was auch Ihr Herr Sohn bis jetzt nicht weiß und was mir zu offenbaren viel schwere Überwindung kostet -, dass Paula - meine Tochter - nicht ist.«

Der Graf spannte die Augenbrauen.»Ihr Herr Gemahl war schon in früherer Ehe verheiratet und hat Ihnen dieses Kind -«

»Auch das nicht. Paula ist eine - Waise, die wir an Kindesstatt angenommen haben, als sie noch sehr jung war. Sie selbst glaubt, meine Tochter zu sein. Es war meine Absicht, sie förmlich zu adoptieren, um sie so auch zur Erbin meines Vermögens zu machen, sobald ich das gesetzlich vorgeschriebene Alter von fünfzig Jahren erreicht hätte. Es fehlen daran noch zwei. Ich habe sie indessen durch ein Testament zu sichern gesucht. Ob Ihnen dies genügt ...« Sie hob ein wenig die Schultern. »Ich war Ihnen jedenfalls volle Wahrheit schuldig.«

»Ob es mir ... Hm - hm - hm!« näselte der Graf, sichtlich sehr beunruhigt. »Ob es mir ... Aber das ändert die Sache ja sehr erheblich - sehr, sehr. Paula ist nicht - Ihre Tochter. Es versteht sich von selbst, dass jedenfalls vor der öffentlichen Verlobung die Adoption - eh, eh! Es gibt, soviel ich weiß, da einen Dispens von dem Erfordernis des Alters - meine Verwendung würde ihn ohne Schwierigkeit erzielen - aber, aber ... Ja, das ändert doch die Sache sehr erheblich.«

»Sie sind in keiner Weise gebunden, Herr Graf. Wenn Sie wünschen, ist nichts gesprochen.«

»Das wünsche ich in der Tat – das muss ich wünschen. Sie werden zugeben –«

»Ich bin ganz Ihrer Meinung und muss nur bitten zu beachten, dass ich bis heute keine Gelegenheit gehabt habe, mich zu ihr zu bekennen.«

»Hm – hm – hm! Sehr ehrenwert, gnädige Frau, konnte nichts anderes erwarten. Und wer sind die wirklichen Eltern?«

»Ich kenne sie nicht, Herr Graf. Auf einer kleinen Reise, die wir vor etwa achtzehn Jahren unternahmen, um eine beliebte Sommerfrische im Mittelgebirge aufzusuchen, musste die Eisenbahnfahrt an einem kleinen Ort unterbrochen werden, weil mein Mann plötzlich erkrankte. Sein Übel war nicht bedenklich, fesselte ihn aber mehrere Tage ans Zimmer. Der Ort hieß Neu-Pforten. Ich machte weite Spaziergänge zu den Toren hinaus und traf in einem wohl eine Stunde entfernten Dorf eine recht dürftig gekleidete ältere Frau, die ein auffallend hübsches Kind trug. Ich erkundigte mich, wem es gehöre. Sie sagte, es sei ihr zur Auferziehung übergeben worden von einer vornehmen Dame, die aber wohl nicht die Mutter gewesen sei. Die Verpflegungsgelder zahle ein Justizrat in der Stadt – für die Mühe und Arbeitsversäumnis, die sie des kleinen Kindes wegen habe, noch immer nicht genug; später möchte es sich ausgleichen. Mir gefiel das sehr zierliche, aber krank aussehende Mädel, und da unsere Ehe fast schon zehn Jahre kinderlos geblieben war, und mein Mann sich nach einem kleinen Wesen im Hause sehnte, dem wir unsere Sorge zuwenden könnten, beschloss ich sogleich, ihm den Vorschlag zu machen, es an Kindesstatt anzunehmen. Er sah das Kind und fand, wie ich, Gefallen an ihm. Es sei ein Wink des Himmels, meinte er, dass er an diesem Ort habe erkranken müssen, damit ich es finden könnte. Er verhandelte mit dem Anwalt und erfuhr von ihm, dass niemand an dem Kinde ein Interesse habe. Bei ihm sei von einer Dame, die nicht genannt sein wolle, eine Summe Geldes deponiert. Sobald sie verbraucht sei, werde auch ihn das Kind nicht weiter kümmern, dem ja vom Geschick gar keine größere Gunst erwiesen werden könne als durch die Aufnahme in eine achtbare und gebildete Familie. Wir bestimmten, dass die arme Frau das Geld regelmäßig auch ohne die Leistung erhalten solle, und beschenkten sie überdies mit einer für ihre Verhältnisse erheblichen Summe. So erhielten wir unser liebes Töchterchen, das die ganze Freude meines Mannes bis zu seinem leider zu frühen Tode gewesen ist. Er hat mir noch auf dem Sterbebette die Adoption ans Herz gelegt.«

»Also wohl gar ein – illegitimes Kind?« rief der Graf aufschnellend.

»Das muss ich allerdings annehmen,« antwortete die Frau Konsul ruhig. »Es wurde uns ein Taufschein übergeben, in welchem als die Mutter eine unverehelichte Antonie Girod genannt ist, damals erst siebzehn Jahre alt, der Anwalt kannte sie nicht; sie sei, wie ihm glaubhaft versichert worden, abgefunden. Vielleicht eine Französin, die möglichst fern von der Heimat –«

»Sehr wahrscheinlich, sehr wahrscheinlich.«

»Wenn Sie den Taufschein einzusehen wünschen, Herr Graf –«

»Nein, nein, nein!« rief er ärgerlich. »Wozu das? Wozu? Die Sache geht mich nichts weiter an. Bedaure Fräulein Paula – wahrhaftig! Habe sie gleich liebgewonnen – aber Heirat mit meinem Sohn natürlich ganz unmöglich. Bitte, Gruß zu bestellen, mein Bedauern auszudrücken – aber Heirat unmöglich. Mein armer Junge!«

Damit empfahl er sich. Ihm zitterten die Knie so, dass er kaum, sich an der Geländerstange hintastend, die wenigen Stufen bis zur Straße hinabgleiten konnte. Sobald er eines Wagens ansichtig wurde, bestieg er ihn.

II.

Der Graf hatte mit Wilfried verabredet, das Diner im Kasino einzunehmen. Nun ließ er in letzter Stunde absagen.

Es war etwas geschehen, das ihn eigentlich hätte froh stimmen können. Soweit er den Wünschen seines Sohnes nachgegeben – weit, weit über seine Neigung hinaus – von außen her trat etwas vor ihn hin und gebot Halt. Er war vollkommen gerechtfertigt, wenn er erklärte, nicht darüber weg zu können; und so erreichte er, was ihm das Genehmste war: die bürgerliche Heirat seines Sohnes kam nicht weiter in Frage. Aber er vermochte doch nicht darüber froh zu werden. Es war ihm zu verständlich geworden, was Wilfried so mächtig zu dem Mädchen zog; er lebte sich in dessen Schmerz hinein, fühlte ihn in seiner Seele gleichsam voraus. Und nicht nur sein Sohn tat ihm leid, auch Paula, die es ihm schon zu sehr angetan hatte, bedauerte er nicht nur oberflächlich. Wie viele Herzen hatte er selbst gebrochen, als er noch ein flotter Kavalier war. Er erinnerte sich nicht, dass es ihm je so tief gegangen war, als da es sich nun um des Sohnes Geliebte handelte – außer in einem Falle vielleicht, in einem Falle … Es schwebte ihm, ohne dass er in Gedanken danach suchte, etwas aus der Vergangenheit vor, schattenhaft und wenig greifbar, aber es schwebte in seine jetzige Kümmernis hinein. Weshalb nur? Das war ja ganz anders gewesen, durch und durch anders. Und doch ... Ja, damals hatte er auch ein so schmerzliches Mitleid mit einem geliebten schönen Weibe empfunden, und dazu Gewissensbisse wie nie vorher und nachher. Jetzt freilich war sein Gewissen gar nicht beteiligt. Der Fall lag ganz anders, ganz anders. Und doch ...

Wilfried kam, sich besorgt nach seinem Befinden zu erkundigen. »Um Himmels willen, was ist geschehen?« fragte er, als er ihn sah.

»Mein armer Junge,« stotterte der Alte, ihm immer die Wange streichelnd, »ich kann dir's nicht ersparen – beim besten Willen nicht. Aber es ist vielleicht gut, dass so mit einem Schlage ... Tut mir doch leid, sehr leid – deinetwegen – des Mädchens wegen.« Er teilte ihm mit, was er erfahren hatte, so schonend es geschehen konnte.

Wilfried war bestürzt, im Augenblick ganz sprachlos. Er konnte sich nicht darüber täuschen, dass der enthüllte Umstand in der Tat den Dingen ein ganz verändertes Ansehen gab. Ihm selbst war Paula nicht mehr dieselbe. Es schien ihm jedenfalls undenkbar, den Vater jetzt zur Einwilligung in eine Verbindung mit ihr zu bewegen. Es waren nicht mehr nur aristokratische Vorurteile, die da hätten überwunden werden müssen; was sich jetzt störend entgegenstellte, war auch ihm ein Schreckbild, an dem er nicht meinte vorüber zu können.

Er ließ den Grafen abreisen. Einer weiteren Aussprache bedurfte es nicht. Es war nur noch zu erwägen, was für ihn weiter zu tun und wo eine Stelle auf der Erde zu finden, die ihm gestattete, mit seinem Schmerz allein zu sein.

Er wollte Paula schreiben. Aber bald erschien es ihm als eine rechte Feigheit, von ihr nicht Aug in Auge Abschied zu nehmen. Es war nichts vorgefallen, was ihr Wesen berührte; sie verschuldete den Makel ihrer Geburt nicht, wusste bisher nicht einmal von ihm. Sollte sie jetzt über sich aufgeklärt sein, so war sie auch so einsichtsvoll, zu begreifen, dass eine Trennung unvermeidlich, und der Geliebte unter ihr so schwer litt wie sie selbst.

Die Frau Konsul hatte, als er sich in der Villa meldete, mit Paula schon gesprochen. Durch sie war das arme Kind darauf vorbereitet, dass Wilfried genötigt sein würde, sich zurückzuziehen, wenn er nicht als Offizier seinen Abschied nehmen und mit der Familie und den Standesgenossen unheilbar zerfallen wolle. Paula war tief erschüttert und hatte sich in ihr Zimmer eingeschlossen. Unmöglich könnte er sie jetzt sprechen; aber die besorgte Frau bat ihn auch, überhaupt von einer persönlichen Begegnung abzusehen. Sie würde ihm dankbar sein, wenn er seine Versetzung nachsuchen und sogleich Urlaub nehmen wolle. Paula werde sich leichter beruhigen, wenn sie sicher sei, auch nicht zufällig durch ihn an ihr Unglück erinnert zu werden.

Wilfried versprach nichts, und nach einigen Tagen war es ihm zur Gewissheit geworden, dass eine solche Flucht ihm ein unerträgliches Gefühl von Schwachmütigkeit zurücklassen und Paula beleidigen würde. Er schrieb ihr, dass er sie sprechen müsse – *müsse!* nichts weiter und nannte die Stunde. Da er keine Antwort erhielt, ging er. Sie fühlte wie er.

Paula empfing ihn auch, aber in Gegenwart der Frau Konsul, die es vielleicht selbst so angeordnet hatte. Das schwere Weh, das ihr Herz erfahren, lag in ihren Augen und auf dem bleichen Gesicht; zugleich aber war unverkennbar, dass der Stolz nicht leiden wollte, sich dem Schmerz willenlos zu beugen, und bemüht war, sie aufzurichten. Sie wusste, dass alles vorbei sein müsste, und tat nichts, dieses Verhängnis abzuwehren. Kein flüchtiger Blick sagte ihm, dass sie von seiner Liebe etwas über Menschenkraft erhoffe. Es sollte sein, als ob nie zwischen ihnen das Band geknüpft sei, das nun zerrissen werden musste; es sollte am liebsten kein Wort über diese traurige Notwendigkeit gesprochen werden. Man konnte ja Abschied nehmen, als ob ein lieber Hausgenosse eine lange Reise antrete, und beim letzten schweigenden Händedruck viel denken.

Wilfried war gekommen, den ganzen Jammer seines Herzens auszuströmen und sie zu bitten, ihm sein Wort zurückzugeben ohne Groll und Bitterkeit, ihm zu glauben, dass er einem übermächtigen Zwange weiche. Nun er sie sah und ihr Schmerz sich nicht demütigte, war das im Augenblick vergessen. Ein blitzschneller Entschluss überhob ihn jedes Versuches, in Formen, die seiner vornehmen Gesinnung genügen könnten, eine Lösung herbeizuführen. Er ging auf sie zu und ergriff ihre Hand, die er mit Küssen bedeckte. »Paula,« rief er, »es scheidet uns nichts – es darf uns nichts scheiden! Das am wenigsten, was ganz unverschuldet ist! Wie ich dich liebte, liebe ich dich. Jetzt weiß ich, dass ich kam, dir zu sagen, dass ich mich selbst belogen und betrogen haben würde, wenn ich dir etwas anderes gesagt hätte.«

Sie lehnte den Kopf an seine Brust. »Du tust mir sehr wohl,« flüsterte sie innig, »– auch wenn es doch nicht sein kann. So geliebt war ich!«

»So geliebt bist du,« antwortete er. »Was kann nicht sein? Nur von uns hängt es ab, einander anzugehören. In deiner Liebe werde ich glücklich sein, auch wenn ich alles hingebe, was mich hindern wollte, meinem

Herzen zu folgen. Die Welt ist weit, und nichts bindet uns an die Scholle. Halte mir Wort, Liebste, wie ich dir Wort halte.«

Die Frau Konsul wollte Einspruch erheben, aber alle ihre gutgemeinten Vorstellungen fruchteten nichts. Sie bat ihn dringend, wenigstens Bedenkzeit zu nehmen, ruhig zu überlegen, mit seinem Vater und seinem Bruder zu sprechen. Er wisse, was sie ihm entgegenwerfen würden, versicherte er, und habe schon über sich entschieden trotz alledem. Sie gab ihm zu bedenken, dass Paulas Nähe ihm die Freiheit des Handelns nehme. Er werde bereuen, sobald er mit sich allein sei. Paula sei darauf gefasst gewesen, ihn verlieren zu müssen; nun erwecke er in ihr neue Hoffnungen. Der Schmerz werde sie töten, wenn sie sich als unerfüllbar erwiesen. Lieber möge er gleich ein Ende machen.

Der junge Graf wollte nichts davon hören. Er wollte nicht einmal zugeben, dass er sich in einen Heroismus der Liebe hineinrede. Etwas Ungewöhnliches möge er tun, gewiss nichts Außerordentliches. Was er vertrete, müsse jeder vertreten, der seiner Herzensneigung gefolgt sei.

Dieses edle Feuer zehrte denn auch bei den beiden Damen jeden Rückstand von Bedenklichkeit fort. Paula war sehr glücklich. –

Wilfried schrieb seinem Vater, dass er von dem Mädchen nicht lassen könne und alle Folgen auf sich zu nehmen bereit sei. Zugleich reichte er als Offizier sein Abschiedsgesuch ein.

Nach einigen Tagen kam Bruno.

Er verschonte seinen Bruder nicht mit schweren Vorwürfen wegen der törichten Vermessenheit, sich der Meinung der Welt entgegenstemmen zu wollen, und noch mehr wegen der Rücksichtslosigkeit gegen seine Familie, die mit leiden werde. Es hätte wahrlich nicht viel gefehlt, dass nach Empfang des Briefes den Alten der Schlag rührte; er sei eine Weile wie gelähmt gewesen und habe die Worte verwechselt. »Ich begreife ihn und dich nicht,« sagte er. »Die Frauenzimmer haben über euch Gewalt und verleiten euch zu Torheiten. In verschiedener Weise freilich. Ich mache kein Hehl daraus, dass mir der Alte mit seinen Liebschaften nie besondere Achtung eingeflößt hat. Du hast diesen Zug zum Weiblichen von ihm geerbt. Aber es fehlt dir sein Leichtsinn, und so verführt er deine Ehrenhaftigkeit zu noch schwereren Ausschreitungen.«

Wilfried verbat sich sehr ernstlich jede Zurechtweisung von seiner Seite.

»Ah!« rief Bruno ärgerlich, »der Alte hatte am Ende nicht so Unrecht mit seinem grandiosen Ausspruch: Wenn er das Mädel durchaus haben muss – wozu denn gleich heiraten? So etwas bekommt man billiger!«

Wilfried war empört. Wie habe er so etwas hinreden können, da er doch Paula kannte!

»Es war im ersten Ärger,« suchte Bruno zu begütigen, »und er nahm's dann auch selbst zurück. Du seist in solchen Dingen doch einmal viel zu schwerfällig angelegt, meinte er. Ein Erbteil der seligen Mutter! Du erinnerst ihn auch sonst an sie; deshalb die anderenfalls unbegreifliche Nachgiebigkeit gegen deine allerunsinnigsten Wünsche – ich glaube nämlich, dass er am Ende doch noch zu deiner Hochzeit kommt. Er ist in seinen Ältesten vernarrt, vielleicht weniger, weil er die Frau, der du gleichst, unvergesslich liebte, als weil er ihr so viel abzubitten hatte. So oder so – die Tatsache steht fest.«

»Lästere nicht,« verwies ihm Wilfried, »du sprichst von unserem Vater.«

Bruno stieß ein höhnisches Lachen aus. »Er hat dafür gesorgt, dass die Pietät kaum verletzt werden kann. Wie dem aber sei, ich komme in seinem Auftrage, um dir seinen schwersten Zorn anzudrohen, wenn du Paula heiratest, und dir nebenher zu sagen, dass du ihn durch deinen Ungehorsam in die Grube bringen würdest. Ich weiß nicht, wie viel du auf das eine und andere gibst –«

»Ich hoffe auf seine versöhnlichere Stimmung,« unterbrach Wilfried, »wenn er sich überzeugt haben wird, dass ich tue, was ich tun muss, ohne mit mir selbst zu zerfallen. Ich habe bereits meinen Abschied gefordert.«

Bruno hob das Kinn. »Ich habe nichts anderes erwartet. In der Hauptsache also kein Wort weiter. Es bleiben aber doch so manche Zweifel noch zu lösen, und es liegt im Familieninteresse, dass sie vor der Hochzeit gelöst werden. Vielleicht kann ich dir als Praktikus dabei nützlich sein und biete dir deshalb meine Dienste an.«

»Was meinst du?«

»Was ich meine? Wir wissen bisher kaum mehr, als dass Paula nicht die Tochter der Konsul Bergmannschen Eheleute ist. Es scheint unter solchen Umständen doch nicht nur wünschenswert, sondern geradezu geboten, in Erfahrung zu bringen, wer die Mutter ist, ob sie noch lebt, wo und in welchen Verhältnissen sie lebt und welchen Anhang sie hat. Ganz abgesehen davon, dass ihre Einwilligung gefordert werden wird, wenn Paula eine Heirat eingehen will, möchte es sich auch empfehlen, dich im voraus gegen alle Zudringlichkeiten von jener Seite zu sichern – dich und die Familie.«

Diese Vorsorge musste Wilfried als berechtigt anerkennen. Brunos Beistand konnte ihm von Nutzen sein, da er selbst geschäftlich recht unerfahren war. Er nahm ihn deshalb mit Dank an. Die Brüder verabredeten zunächst eine gemeinsame Fahrt nach Neu-Pforten, um in der dortigen Kirche Nachfrage zu halten.

Das Kirchenbuch wurde ihnen von dem Geistlichen willig vorgelegt. Der Taufschein ergab sich als eine korrekte Abschrift daraus; irgendwelche Bemerkungen am Rande oder sonst wo fehlten. Was war das für eine Antonie Girod, die als die Mutter des Kindes genannt war? Der Geistliche, ein noch junger Mann und erst seit wenigen Jahren hier im, Amt, wusste nicht die mindeste Auskunft zu geben. Der damalige Pfarrer war an eine andere Stelle versetzt worden und bereits verstorben.

Es standen zwei Taufzeugen eingetragen. Der eine war ein jetzt schon recht alter Mann, der als Gärtner auf dem Kirchhof arbeitete. Er wurde aufgesucht, konnte sich aber durchaus nicht an den Akt erinnern. Er sei häufig, wenn ein anderer Taufzeuge fehlte, vom Küster herbeigerufen worden und habe dann für Hergabe seines Namens eine Kleinigkeit erhalten. So werde er häufig im Kirchenbuche zu finden sein. Wenn das ernstliche Patenämter gewesen sein sollten, hätte er für viele Kinder zu sorgen. Er schien zu glauben, dass man ihn irgendwie in Anspruch nehmen wolle. Aber auch nachdem dieser Irrtum beseitigt und ihm obendrein ein Stück Geld in die Hand gedrückt war, konnte sein Gedächtnis sich nicht weiter stärken, als dass ihm so vorschwebte, es hätte einmal in der Gemeinde ein armes Mädchen gegeben, das Toni genannt sei und eines Franzosen Tochter gewesen sein sollte, eines Seiltänzers, der aber nicht mehr lange nach seiner Niederlassung gelebt habe, vielleicht auch im Krankenhause gestorben sei. Auf den Namen besann er sich nicht. Er wunderte sich, dass »die Kleine« ein Kind gehabt haben solle. Es könne ja aber wohl sein. »So was passiert, meine liebe Herren, und wird dann so heimlich in Ordnung gebracht. Kann sein, dass die Mutter bei der Taufe gar nicht zugegen gewesen ist, und dem Würmchen hab ich's nicht ansehen können, dass es der Toni Kind war. Kann sein.«

Es war aus ihm nichts weiter herauszubringen. Die Toni sei nachher in Dienst gegangen, wahrscheinlich in einer anderen Stadt. Sie wäre ihm

»so verschwunden«. »Wer kann wissen, meine lieben Herren, wo solche liederlichen Personen bleiben.«

Der zweite Zeuge war der damalige Küster. Er lebte nicht mehr. Seine Frau war städtische Hebamme gewesen und betrieb noch ihr Geschäft am Ort. Bruno suchte sie auf und trug ihr den Fall vor. Sie schien erschrocken, als sie den Namen Antonie Girod hörte, und musterte den Gast mit forschenden Blicken, als ob er ihr etwas Unrechtes zumuten wollte. Sie war eine alte vertrocknete, unordentlich gekleidete Person, die auch Ziehkinder hielt und Karten legen sollte. Obgleich sie Sonntags nie die Kirche versäumte, stand sie nicht in bestem Ruf; das hatten die Grafen schon vorher erfahren. Nun tat sie gleich beleidigt, als Bruno sie auszufragen anfing. Was man von ihr wolle? Sie sei in Ehren grau geworden, und niemand könne ihr etwas nachsagen. Das solle ja auch nicht geschehen, suchte der Graf sie zu beruhigen. Man hoffe nur durch sie auf die Spur der Mutter des Kindes zu kommen, für das man sich interessiere. Sehr auffällig trat ihr der Schweiß auf die Stirn, so dass sie ihn unter dem struppigen Haar wiederholt mit einem Lappen abwischte, der so gut eine Windel wie ein Taschentuch sein konnte. »Ich weiß von nichts,« sagte sie sehr energisch, »und wer behauptet, dass ich davon etwas weiß, der lügt infam. Wenn die Antonie Girod als Mutter von dem Kinde eingetragen ist, so wird sie's ja auch sein. Wer kann was anderes sagen?«

»Aber es ist ja gar nicht die Rede davon, dass das Kirchenbuch nicht richtig geführt sein könnte,« wendete Bruno ein. »Ich will nur wissen, wo diese Antonie Girod, die Ihr Mann doch gekannt haben muss, geblieben ist.«

Die alte Person sah ihn wieder mit einem heimtückischen Blick an. »Mein Mann war ein frommer, gottesfürchtiger Mann,« sagte sie, »der sein Amt bei der Kirche treu verrichtet hat bis an sein Lebensende. Hat er sich da als Taufzeugen eintragen lassen, so wusste er, was er tat. Es geht mich nichts an. Ich hab ihn nie danach gefragt, was in der Sakristei vorgegangen ist.«

»Aber Sie wissen vielleicht, was aus dieser Antonie Girod wurde, liebe Frau. Das ist das einzige, was ich von Ihnen erfahren möchte.«

»Aus der Antonie Girod – ? Was soll aus ihr geworden sein? Wer bekümmert sich um ein armes Mädchen? Das kann froh sein, wenn das Kind versorgt ist. Sucht irgendwo draußen eine Stellung, wo man's nicht kennt und von der Geschichte nichts weiß. Natürlich.«

»Ist Ihnen bekannt, wer sie ins Unglück gebracht hat?«

Die Alte grinste höhnisch. »Die Antonie Girod! Nein, das weiß ich nicht, wahrhaftig! Ich weiß von ihr gar nichts, als dass sie ein recht hübsches und armes Mädchen war. Es gibt viel Schlechtigkeit in der Welt. Die reichen Leute decken sie mit Geld zu. Warum soll sie wieder aufgedeckt werden zu der Welt Ärgernis? Wer zu schweigen versprochen hat, wird nicht so töricht sein, gegen sich selbst zu reden. Ich denk mir's so. Tot, tot, tot.«

»Wer ist tot?« forschte Bruno. »Die Mutter des Kindes?«

»Ja, die ist tot,« fuhr die Küsterin hastig zu; »es ist am besten, dass sie tot ist und die ganze Geschichte begraben. Ich weiß von nichts, Herr! Ich weiß von gar nichts.«

Bruno griff in die Westentasche, zog ein paar Goldstücke heraus und schob sie zwischen den Fingern hin und her. »Wer etwas wüsste,« bemerkte er, »könnte sich einen guten und leichten Verdienst schaffen.«

Die Augen der Alten brannten gierig auf dem blanken Gelde. »Ja, wer etwas wüsste und es sagen könnte, ohne sich selbst ... Nein, Herr, ich weiß nichts. Tot, tot, tot.«

Sie kehrte ihm den Rücken zu und beschäftigte sich mit den Kindern, die unruhig geworden waren. Da sie nichts weiter sprach, blieb Bruno nur übrig, seinen Rückzug zu nehmen. – –

Wilfried war indessen nach dem Dorfe Pappeln hinausgefahren, das die Frau Konsul genannt hatte.

Er ließ den Wagen am Wirtshause halten und erkundigte sich nach der Witwe Schwallien, der sie das Kind abgenommen. Er wurde zu einer alten Frau gewiesen, die bei einer verheirateten Tochter den Altensitz hatte und schon bedenklich stumpf geworden war. Sein Kommen erregte bei ihr große Verwunderung. Sie reinigte einen Holzstuhl mit der Schürze und bat den Herrn Grafen – er hatte sich genannt, um mehr Vertrauen zu erwecken – mit vielen tiefen Verbeugungen und wiederholten Fragen, was ihr die Ehre verschaffe, sich niederzulassen. Ob sie sich eines Kindes erinnere, das sie vor bald neunzehn Jahren in Pflege erhalten?

»Erinnern, Herr Graf? Ach nein. Es ist zu lange her.«

»Eines Mädchens?«

»Ja, es war ein Mädchen, Herr Graf. Und ich hab immer das Geld erhalten, pünktlich am ersten, bis ungefähr vor einem Jahr, da war's alle geworden, und der Herr Justizrat war auch gestorben. Wir haben uns erkundigt; das Geld war wirklich alle geworden.«

»Das Mädchen hieß Paula.«

»Es kann wohl sein, Herr Graf, es kann wohl sein. Wer behält das so lange? Ich hab mich nur immer beim Herrn Justizrat melden dürfen, dann hab ich das Geld ohne ein Wort bekommen. Wie das Kindchen aussah, weiß ich nicht mehr. Aber wie ein Engelchen gewiß. Ich hab's auch nicht lange gehabt.«

»An wen haben Sie's denn abgegeben?«

»Ja, da kam einmal eine Dame, der hat's gefallen. Eine Frau Konsul, denk ich, so hat sie sich genannt. Sie hat mich darauf auch zu ihrem Mann bestellt, der im Gasthaus »Zu den drei Hirschen« krank war, und dem hat das Kindchen auch gefallen. Sie wollten es durchaus haben, und der Herr Justizrat hat auch eingewilligt. Und weil ich doch das Geld nicht verlieren sollte und noch ein schönes Präsent dazu bekam, bin ich nicht dagegen gewesen. Denn bei reichen Leuten war das Kindchen doch besser aufgehoben. Von dem Geld hab ich meine Tochter ausgestattet und die Pflege bezahlt, so lang es gereicht hat. Es ist aber mit dem Schwiegersohn abgemacht, dass ich lebenslänglich verpflegt werden muss. Lang werd ich's ja nicht mehr machen.«

Wer ihr denn das Kind übergeben gehabt habe, fragte der Graf nun. Bei diesem Punkt wurde aber das Gedächtnis sehr schwach. »Das ist noch länger her,« sagte sie. »Es war aber eine vornehme Dame – ja, ja! eine sehr vornehme Dame.«

»Eine vornehme Dame?«

»Ich hab sie nur ein- oder zweimal gesehen, denk ich. Ja, es war eine sehr vornehme Dame. Die Küsterin sagte zu ihr: Frau Gräfin.«

»Also nicht die Mutter des Kindes.«

»Nein, sie sagte, es gehöre einer Freundin von ihr, die sehr krank wäre … Oder – ich weiß doch nicht mehr, ob sie sehr krank war. Es kann mir auch so in Gedanken kommen, weil der Herr Konsul –«

»Antonie Girod?«

Die Alte lächelte blöde vor sich hin. »Ach – das war nur so.«

»Was war nur so?«

»Ich weiß nicht, aber sie sagten: das ist nur so.«

»Besinnen Sie sich genau. Was?«

Sie rieb die runzelige Stirn. »Ich weiß wirklich nicht. Sie können es auch etwas anders gesagt haben. Aber sie gaben mir doch das Papier, das ich darauf der Frau Konsul gegeben habe, und darin stand es.«

Graf Wilfried merkte, dass es ganz vergeblich sein würde, weiter in sie zu dringen. Als er aufstand, erhob auch sie sich und humpelte ihm am Stocke bis zur Thür nach. »Ach – entschuldigen Sie die unbescheidene Frage, Herr Graf,« sagte sie. »War das Ihre Frau Mutter?«

»Meine Mutter?« Er lachte verwundert. »Wie kommen Sie darauf?«

»Ja, ich dachte nur – weil Sie sich doch erkundigen und ein Herr Graf sind, und – und –«

»Nun?«

»Ich kann mich auf meine blöden Augen nicht verlassen, aber als Sie in die Thür eintraten, da fiel mir gleich ein – ja, ja! ehe Sie noch gefragt hatten, fiel mir gleich die vornehme Dame ein. Nehmen Sie's nicht für ungut, Herr Graf.«

Wilfried beschenkte sie und ging.

Als die Brüder im Gasthause wieder zusammentrafen und ihre Erlebnisse austauschten, meinte Bruno: »Die ehemalige Frau Küsterin ist eine Hexe. Ich wette darauf, sie weiß mehr, wahrscheinlich aber etwas für sie selbst Verfängliches. Deshalb wird es schwer sein, ihr die Zunge zu lösen.«

»Und die alte Frau, mit der ich's zu thun hatte, ist offenbar schon ein wenig im Kopfe verwirrt. Es ist ja möglich, dass sich eine vornehme Dame für diese Antonie Girod bemüht hat – vielleicht eine Verwandte ihres Verführers; aber ihre Frage, ob sie meine Mutter gewesen sei, war doch sehr sonderbar, auch wenn man sich's allenfalls zurechtlegt, wie sie die Gräfin, von der die Küsterin gesprochen, mit dem Grafen in Beziehung brachte, der nach dem Kinde fragte. Ich versichere dich: Wie sie mich so forschend betrachtete – es ging mir durch und durch.«

»Du bist nervös,« antwortete Bruno, »was ja zu verstehen ist. Übrigens ergibt sich schon aus der Äußerung der Alten, dass die Küsterin mehr wissen muss. Behalten wir uns vor, sie schärfer anzufassen, wenn wir erst noch mehr Material zusammen haben. Es muss, denke ich, gelingen, die Antonie Girod ausfindig zu machen. Mag man auch guten Grund gehabt haben, sie zur Seite zu schieben, so kann sie doch nicht vom Erdboden verschwunden sein.«

Auf seinen Vorschlag begaben sich die Brüder nach der Bürgermeisterei und ließen feststellen, dass ein Mädchen jenes Namens wirklich am Orte gewohnt hatte. Sie war als Ortsarme in einer alten Liste verzeichnet, und neben ihrem Namen fanden sich Notizen, die annehmen ließen, dass sie sich stets sehr ordentlich geführt habe. Dem Bürgermeister war auch nicht erinnerlich, dass er je etwas Nachteiliges über sie gehört hätte. Er glaubte auch versichern zu können, dass sie bis in ihr siebzehntes oder achtzehntes Jahr die Stadt nie verlassen gehabt habe. Dann freilich sei sie fortgegangen und nicht mehr zurückgekehrt.

Wohin? Es war fraglich, ob die Abmeldungslisten aus jener Zeit noch aufbewahrt seien. Der Bürgermeister, der den vornehmen Herren gern eine Gefälligkeit erwies, fand sie endlich in einer Dachkammer unter den reponierten Akten vor. Antonie Girod war nach dem Städtchen Kreuzberg abgemeldet, wo sie in Dienst treten wollte. Das war vor mehr als achtzehn Jahren geschehen.

So war nun für weitere Nachforschung die Richtung gegeben. Das Städtchen Kreuzberg lag nur vier Meilen von Neu-Pforten entfernt. Die Grafen nahmen einen Wagen und fuhren am anderen Morgen dorthin.

Die Erkundigung im Polizeibüro ergab, dass eine Antonie Girod dort nicht wohnte. Ob früher? wann? wie lange? ließ sich nicht ermitteln, da das alte Papier längst an den Krämer verkauft war. Endlich erinnerte sich ein Magistratsbeamter, der bei der Sparkasse tätig war, dass einmal ein Dienstmädchen die erstaunlich große Summe von zweihundert Thalern eingelegt habe; das hätte so einen fremdländischen Namen gehabt. Die Bücher der Kasse waren noch vorhanden, die Einlage wurde vorgefunden. »Antonie Girod – zweihundert Thaler.«

Es waren dann einige Jahre lang die Zinsen berechnet und nebst anderen Ersparnissen zugeschrieben. Und endlich, jetzt vor zwölf Jahren, war das ganze Guthaben abgehoben – von der »Tischlerfrau Antonie Bilsfeld, geborenen Girod«. Also verheiratet!

Nun begann die Suche nach dem Tischler Bilsfeld. Er war damals Geselle gewesen, hatte sich selbständig gemacht und war gleich nach der Heirat verzogen. Zum Glück wusste sein Meister, der aufgefunden werden konnte, wohin. Er hatte sich in Thalheim, einem anderen Landstädtchen, niederlassen wollen.

Dorthin begaben sich nun die Brüder.

Der Tischler Bilsfeld bewohnte ein kleines einstöckiges Häuschen »am Graben«, das ihm gehörte. Er sollte ein sehr ordentlicher Mann sein und eine sehr ordentliche Frau, auch drei Kinder haben, die in die Stadtschule geschickt würden und immer sehr sauber angezogen gingen. Er habe klein angefangen, übernehme aber jetzt die Arbeiten für Neubauten und gelte für wohlhabend. Sehr achtbare Leute.

Wilfried war der Meinung, es dürfe nur einer von ihnen dorthin gehen. Der Besuch müsse ganz unauffällig sein. Offenbar wisse hier in der Stadt niemand von dem ältesten Kinde der Frau, das sei auch ferner nicht nötig. »Geh du,« bat er Bruno.

So geschah's denn auch. Das Häuschen mit dem Schilde »Tischlerei von G. Bilsfeld« wurde leicht aufgefunden. Hinter einem anschließenden Lattenzaun lagen Stapel von Brettern und anderen Hölzern. Der Hof schien sich bis zum alten Stadtgraben hinabzuziehen. Dort wurde gesägt und gehämmert.

Bruno zog die Glocke. Die Thür wurde von einer hübschen, einfach, aber mit Geschmack gekleideten Frau geöffnet. Sie ließ den fremden Herrn sogleich in das Vorderzimmer ein, in dem sich ganz schmucke, vielleicht von dem Eigentümer des Hauses selbst gefertigte Möbel befanden.

»Frau Bilsfeld?«

»Die bin ich. Wünschen Sie bei meinem Mann eine Bestellung zu machen? Er arbeitet draußen. Ich werde ihn gleich rufen.«

Der Gast hielt sie am Arm zurück. »Später, später vielleicht, liebe Frau. Es ist mir lieb, dass ich Sie allein antreffe. Ich wünschte gerade mit Ihnen etwas zu besprechen.«

»Mit mir?« Sie zog den Sofatisch ein wenig ab und deutete nach dem Sofa. »Darf ich bitten, mein Herr?« sagte sie höflich, aber verwundert.

Er setzte sich auf den Stuhl am Tisch und nannte seinen Namen und Stand. Dabei schien nur der »Referendarius« ihre Aufmerksamkeit reger zu machen.

»Sie sind vom Gericht –« bemerkte sie, kaum fragend, als verstünde es sich von selbst.

Bruno verneinte. Er sei bei der Regierung beschäftigt und komme auch nicht in beruflichen Angelegenheiten. »Ich möchte eine Auskunft von Ihnen haben und sichere Ihnen die allerstrengste Diskretion zu.«

»Aber wir haben gar keine Geheimnisse,« antwortete sie, verlegen lächelnd.

»Umso besser,« meinte er. »Sie heißen Girod mit Vatersnamen, nicht wahr?«

»Ja, mein Herr.«

»Antonie.«

»Ja, Antonie.«

»Und sind in Neu-Pforten zu Hause.«

»Allerdings. Da ist mein Vater gestorben.«

»Bevor Sie Ihren jetzigen Mann heirateten – mehrere Jahre vorher – hatten Sie ein Kind.«

Sie richtete sich erstaunt auf. »Ich?«

»Ein Mädchen.«

Ein lebhaftes Kopfschütteln. »Sie irren in der Person, mein Herr.«

»Doch nicht. Das Kind ist in der dortigen Kirche Paula Girod getauft.«

Sie legte den Arm auf den Tisch und beugte sich vor. »Mein Kind?«

»Das muss ich annehmen.«

»Aber ich habe nie ein Kind gehabt außer den dreien in der Ehe mit meinem Mann.«

Der Graf wiegte ungläubig den Kopf und holte aus der Seitentasche das beweisende Papier vor. »Nochmals, liebe Frau, ich verspreche Ihnen alle Verschwiegenheit. Ich würde mich in diese Angelegenheit, die Ihnen peinlich sein mag, nicht eingemischt haben, wenn nicht zu einer bevorstehenden Heirat Paulas der Konsens der Mutter dringend erforderlich wäre.«

»Aber ich versichere Sie –«

Er reichte ihr das Blatt. »Wollen Sie die Güte haben, diese Urkunde ...«

Frau Bilsfeld warf einen Blick darauf und fuhr zusammen. Sie wurde bleich und sofort sehr rot. Alles Blut stieg ihr in die Stirn. »Ach – das –!« rief sie und schöpfte hastig Atem.

»Es ist der Taufschein einer Tochter der unverehelichten Antonie Girod in Neu-Pforten, namens Paula, geboren den achtzehnten August –«

»Das ist eine Schlechtigkeit,« unterbrach ihn die Tischlerfrau, die sich schnell gefasst hatte, »eine Schlechtigkeit, von der ich nichts weiß, als dass ich in der Dummheit meinen Namen hergegeben habe.«

»Der Taufschein ist also richtig und betrifft Sie als Mutter des Kindes.«

»Es kann sein – ich will's nicht bestreiten. Aber von dem Kinde ist mir nichts bekannt – hab's nie im Leben mit Augen gesehen. Es ist mein Kind nicht. Lieber Himmel! Damals war ich ein junges Ding –«

»Aber wie wollen Sie das denn erklären?« Bruno war ganz stutzig geworden, da das Benehmen der Frau den Eindruck der Wahrhaftigkeit machte.

Sie fing an zu weinen. »Es ist mir hoch und heilig versprochen worden, das alles solle nie zum Vorschein kommen, und kein Mensch von dieser Schlechtigkeit erfahren. Sie hätten ja auch allen Grund zu schweigen, da sie sonst in schwere Strafen kämen. Und nun ist's doch ausgebracht, und ich soll das zu verantworten haben. Es ist ja richtig, Herr Referendar, ich hab eingewilligt, dass mein Name ins Kirchenbuch eingetragen würde, aber ich hab mir damals wahrhaftig nicht so viel dabei gedacht. Und nun ... O du mein Himmel!«

»Erzählen Sie doch,« bat Bruno. »Es ist ja für Sie selbst das beste, wenn die Sache aufgeklärt wird.«

»Ja, das will ich,« schluchzte die Frau, »mag daraus nun werden, was will. Ich war so arm, so schrecklich arm, nicht das Sattessen hatte ich manchmal, und was ich mit Arbeit verdiente, wurde mir gleich abgenommen, weil's noch immer nicht so viel war, als ich angeblich gekostet hatte und kostete. Von der Kirche erhielt ich eine kleine Unterstützung, dafür musst ich die Kinder warten helfen, die bei der Küsterin aufgezogen wurden. Eines Tages fragte der Küster mich: ›Toni, willst du ein reiches Mädchen werden?‹ – ›Das könnt ich brauchen,‹ gab ich ihm zur Antwort. Da nahm er mich in eine Ecke und sagte mir, es sei ein großes Unglück geschehen. Ein vornehmes Fräulein hätte ein Kind, von dem keiner aus der Familie etwas erfahren dürfte, und der Verführer sei ein Graf, der ihr nicht gerecht werden könnte, da er schon verheiratet sei; aber seine Frau wüsste davon und sei eine gute Freundin von der jungen Dame und wollte selbst die Sache in Ordnung bringen, damit kein Unfriede in die Familie käme. Und die Küsterin wollte ihr gern zu dem guten Werk behilflich sein, brauchte dazu aber eine, die ihren Namen hergebe. Und da hat er mich gestreichelt und mir gesagt: ›Thu du's aus Mitleid, Toni! Du bist ein armes Ding, um das sich kein Mensch kümmert; es ist gleichgültig, ob du da im Kirchenbuch stehst oder nicht. Und du hast ja doch ein reines Gewissen, Toni, und weißt am besten, dass du ganz unschuldig bist. Niemand erfährt auch ein Sterbenswort davon, dass du eingeschrieben stehst; denn das sind sehr reiche Leute, und für das Kindchen ist gut gesorgt, und sich selbst werden sie doch nicht ausbringen.‹ Anfangs hab ich nicht gewollt, denn Falschheit war doch dabei, und ich hatte mir noch nichts zuschulden kommen lassen. Aber der Küster wurde immer dringlicher und bot mir fünfzig Thaler und dann hundert und endlich zweihundert. ›Das ist ein ganzes Vermögen für dich, Toni,‹ sprach er mir zu, ›und du kannst dein Glück machen für nichts und wieder nichts.‹ Ich hatte ihn stets für einen Ehrenmann gehalten, und er war doch bei der Kirche. Da gab ich endlich nach und nahm's auf mich, ohne recht zu wissen, was ich tat. Als es aber geschehen war, da riet er mir, fortzugehen, damit ich in der Stadt ganz in Vergessenheit käme, und nahm mir mit vielen Drohungen das Versprechen ab, wie das Grab zu schweigen; denn sonst kam ich in Strafe, obschon ich vor Gott nichts Böses getan hätte. Da bin ich denn auswärts in Dienst getreten und hab das Geld auf Sparkasse gegeben und gesagt, es sei ein Erbteil von meinem Vater. Keiner hat sich auch näher danach erkundigt, und auch mein Mann –« – sie brach plötzlich ab und wurde kreidebleich – »ach Gott, ach Gott! was wird mein Mann dazu sagen!«

»Er weiß nichts davon?« fragte Bruno, der mit gespannter Aufmerksamkeit zugehört hatte.

»Nein, kein Wort,« bestätigte sie. »Warum sollte er's erfahren? Ich betrog ihn ja nicht; und ich dacht auch gar nicht mehr daran, dass ich meinen Namen hatte einschreiben lassen. Wegen des Geldes sagt ich ihm nicht die Wahrheit. Wie konnt ich? Er hat sich auch gar nicht danach erkundigt, wo es hergekommen war. An so etwas könnt er doch nicht denken.«

Die Kinder kamen aus der Schule nach Hause, zwei Knaben und ein Mädchen, das sie zwischen sich an den Händen hielten, hübsche Kinder mit roten Backen und hellen Augen. Sie klopften schon draußen ans Fenster, sich bemerklich zu machen, damit sie nicht erst zu läuten nötig hätten. Die Frau ging auch gleich hinaus und öffnete. »Euer Brot liegt auf dem Küchentisch,« sagte sie, »und für jeden ein Apfel dabei. Lauft in den Garten und meldet dem Vater, dass ein Herr –«

»Frau Bilsfeld!« rief Bruno ihr zu, da die Thür zu dem engen Flur offen geblieben war. »Wollen Sie's nicht lieber für sich behalten?«

»Nein, nein!« entschied sie sehr bestimmt. »Ich mag kein Geheimnis vor ihm haben.« Sie trat wieder ein. »Wenn man so glücklich miteinander lebt –« setzte sie hinzu, »und ihn trifft's ja auch nicht.«

Bruno war nun noch mehr geneigt, ihr vollen Glauben zu schenken, wie sehr ihre Mitteilungen ihn auch überrascht hatten. Er nannte dem Tischler, der durch das Hinterzimmer eintrat, seinen Namen und übernahm es selbst, ihm den merkwürdigen Fall vorzutragen, als ob an der Aussage der Frau kein Zweifel sein könne. Sie stand dabei, glühend rot im Gesicht, und nickte bestätigend.

Bilsfeld hörte anfangs ruhig, dann zwar sichtlich erregt, aber schweigend zu. Er hatte alle Farbe verloren und blickte finster vor sich hin, immer kurz atmend, die eine Hand in der Tasche, mit der anderen den blonden Kinnbart drehend. Mitunter zuckte es um seinen festgeschlossenen Mund. Erst nach einigen Minuten sagte er, ohne aufzusehen, mit Bitterkeit: »So, so – davon ist also das Geld.«

»Ja, davon ist das Geld,« antwortete die Frau, »und dass ich dir's nicht verraten habe, mag unrecht sein. Aber sonst ist nichts dabei, das wird sich doch wohl von selbst verstehen.«

Sie trat zu ihm und wollte ihren Arm auf seine Schulter legen, aber er wies sie unfreundlich zurück.

»Und der Taufschein – ?« Er nahm das Papier in die Hand und las die Schrift wieder und wieder. »Es steht doch da.«

»Ja, es steht da,« sagte sie, »und das ist sehr ärgerlich. Ich hätte mich nicht betören lassen sollen, für alles Geld in der Welt nicht. Und hätt ich geahnt, dass es so einmal herauskommen würde ...« Sie weinte wieder in ihre Schürze hinein.

Der Tischler schien ganz schwach zu werden. Er setzte sich auf einen Stuhl und stützte den Kopf in die Hand, leise stöhnend. »Der Taufschein beweist doch –« murmelte er, »und bevor nicht das Gegenteil... Das ist ein schwarzer Tag.«

Nun nahm der junge Graf wieder das Wort. »Die Sache hat sich ja für Sie durchaus befriedigend aufgeklärt, Herr Bilsfeld,« sagte er. »An der Richtigkeit der Erzählung ist nicht zu zweifeln. Die falsche Eintragung ins Kirchenbuch ist freilich nun einmal erfolgt, der Taufschein muss vorgelegt werden, wenn das Aufgebot für Paula erfolgen soll, und die Einwilligung der Mutter lässt sich dann nicht entbehren. Das einfachste scheint doch, wir rühren an der alten Geschichte gar nicht und lassen den Taufschein gelten, soviel er gilt. Ihre Frau erfüllt die Form und gibt den Konsens. Mehr verlangt die Behörde nicht, als dass der Form genügt wird. Die Papiere kommen in die Akten, und kein Mensch fragt weiter danach. Es bleibt alles still wie bisher.«

»So lange es denen gefällt, die davon wissen,« knirschte der Tischler zwischen den Zähnen vor. »Und dann hat sie's ja durch ihre Schrift zugestanden.«

»Wir sind aber in der üblen Lage, einen Konsens vorlegen oder beweisen zu müssen, dass die im Taufschein genannte Mutter nicht die Mutter ist, und die rechte Mutter nicht mehr lebt,« wendete Bruno ein. »Bedenken Sie das. Es kommt für Ihre Frau und Sie dabei nicht Gutes heraus, wenn der Fall untersucht wird.«

»Das wollen wir uns doch noch überlegen,« sagte Bilsfeld und legte die Hand schwer auf den Tisch.

Der Gast versicherte, dass er ihn nicht übereilen wolle. Er nannte den Gasthof, in dem er abgestiegen war. Der Tischler ließ es dahingestellt, ob er ihn da aufsuchen werde.

Wilfried war über das Ergebnis dieser Nachforschung äußerst erstaunt. Er litt schwer unter der Vorstellung, dass seine Paula schon in frühester Jugend so traurige Schicksale erlebt, von der eigenen Mutter verleugnet sein sollte. »Lass uns mit den Nachforschungen abbrechen,« bat er. »Hier *sollte* die Spur abbrechen – vielleicht zu Paulas Heil. Denn was ist das für eine Mutter ... Ah! es empört mich. Wir sind sicher, glaube ich, dass Verwandte sich nie um sie bekümmern werden, auch wenn sie meine Frau ist; und dass diese Frau Bilsfeld nie die Ansprüche einer Schwiegermutter erheben wird, steht außer Zweifel. Paula ist ganz ohne Anhang. Das wird den Papa beruhigen.«

»Ich wäre ganz einverstanden,« entgegnete Bruno, »wenn wir über den Taufschein hinwegkommen könnten. Aber ich sehe nicht, wie das geschehen soll.«

Am Abend kam nicht Bilsfeld, wohl aber seine Frau. Sie sah sehr verweint aus und klagte, das Glück ihrer Ehe sei vernichtet. Was sie nie für möglich gehalten – ihr Mann habe sie in Verdacht, ihn sträflich hintergangen zu haben. Er habe sie furchtbar geschlagen, um ein Geständnis zu erpressen – zum ersten Mal, so lange sie verheiratet seien. Er verlange von ihr, dass sie den Taufvermerk aus der Welt schaffe. Lieber wolle er, dass sie, wenn es sein müsse, wegen der Fälschung des Kirchenbuches eine Gefängnisstrafe verbüße, als eine Frau haben, die ihm Unehre in die Ehe eingebracht. »Was fange ich nun an?« rief sie ganz außer sich. »Das Fräulein, von dem Sie reden, muss anerkennen, meine Tochter nicht zu sein. Aber das genügt meinem Mann noch nicht: das Taufregister soll geändert werden. Und wie bring ich das zuwege? Stehen Sie mir bei. Ich werde Zeugen benennen können, die mich bis zu meinem Abzug von Neu-Pforten täglich unter Augen gehabt haben und bekunden müssen, dass unmöglich geschehen sein kann, was ich mir leichtsinnig selbst schuld gegeben habe.«

Bruno ging noch einmal in die Wohnung des Tischlers, und Wilfried begleitete ihn diesmal. Sie fanden ihn ganz so wild, wie seine Frau ihn geschildert hatte. Es gelang nicht, ihn zu überzeugen, dass die Ausstellung des Heiratskonsenses ihm ganz ungefährlich sei. Das Angebot einer erheblichen Geldsumme machte ihn wütend. »Ich bin bisher ein ehrlicher Mann gewesen,« schrie er, und habe geglaubt, eine ehrliche Frau zu haben und eine ehrliche Mutter meiner Kinder. Ich will Gewissheit haben, dass sie's ist. Was ich selbst thue, das steht bei mir. Zuerst will ich mich mal in Neu-Pforten umschauen. Daraus wird sich's ergeben.«

Da die Grafen ihn zu keiner anderen Erklärung vermögen konnten, mussten sie abreisen. Wilfried ging nach seiner Garnison zurück, Bruno meinte mit seinem Vater das Weitere beraten zu sollen.

Des Grafen Wedigo Stimmung hatte sich indessen schon sehr gemildert. Es war ganz unwahrscheinlich, dass Wilfried seinen Eigensinn aufgab. Er gestand sich immer wieder, dass Paula ungewöhnlich schön und reizend sei. Dachte er sich in seine eigene Jugend zurück, so wurden ihm auch die unsinnigsten Entschlüsse seines Sohnes begreiflich. Ein solches Weib zu gewinnen, hätte er kein Hindernis für unbezwinglich gehalten. Wilfried war so weit nicht anders geartet als er. Dieser Tollheit konnte er Rechnung tragen. Es bedurfte in der Tat wahrscheinlich nur noch eines schwachen Ansturms auf seine Gutmütigkeit, und diese Schwiegertochter war ihm trotz allem genehm. Er liebte Wilfried und wollte aufrichtig sein Glück.

Was Bruno ihm über das Ergebnis seiner Nachforschungen berichtete, erregte in sehr auffallender Weise seine Teilnahme. Der Referendar fasste die Tatsachen, wie er sie für festgestellt hielt, knapp zusammen und sagte: »Diese Antonie Girod, die im Taufschein steht und seit Jahren ganz ehrsam an den Tischler Bilsfeld verheiratet ist, ist wirklich *nicht* die Mutter Paulas. Darüber bleibt mir kein Zweifel. Wer ihre Mutter ist, weiß ich nicht. Jedenfalls gehörte sie aber einem höheren Stande an, war vermutlich eine junge Dame aus der guten Gesellschaft. Sie ist von einem verheirateten Manne ins Unglück gebracht worden, und ich nehme an, dass es die Frau dieses Mannes selbst – eine Gräfin – war, die sich ihrer annahm und für sie handelte. Was diese, jedenfalls ungewöhnlich edelmütige Frau tat, erklärt sich mir nur völlig, wenn ich eben voraussetze, dass sie auch für sich selbst ein starkes Interesse hatte, über das Geschehene einen undurchdringlichen Schleier zu breiten. Denn sie scheute nicht vor einer strafbaren Tat zurück. Im Hause der Küsterin in Neu-Pforten wurde das Kind geboren, und es gelang, jede Spur der wirklichen Mutter dadurch zu verwischen, dass ein armes Mädchen, durch Geld gewonnen, sich bei der Behörde für sie ausgab. Wir könnten uns dabei beruhigen, wenn der Tischler Bilsfeld traitabler wäre. Jetzt weiß ich nicht, wie weiter operieren, ohne viel Staub – und vielleicht ohne Erfolg – aufzuwirbeln.«

Nun erst, da er geendet hatte, sah er dem Alten ins Gesicht und war überrascht, es geisterhaft bleich, die Augen starr und wie in unbestimmte Ferne gerichtet, den Unterkiefer mit herabhängendem Kinn wie aus dem Gelenk gelöst zu bemerken. »Was ist dir, Vater?« fragte er erschreckt.

Graf Wedigo schüttelte sich gewaltsam aus seiner Betäubung. »Nichts, nichts, nichts,« stotterte er. »Was soll, mein Junge? Du sagtest, ein verheirateter Mann – und eine Gräfin – und ein armes Mädchen, das sich – erkaufen ließ – durch Vermittlung des Küsters – vor achtzehn Jahren etwa ... So etwas soll wirklich einmal passiert sein – einem Bekannten von mir – ich erinnere mich, davon gehört zu haben – einem Bekannten ...«

»Wenn du mir den Namen nennen könntest –«

»Nein, nein! Den Namen – hab ich vergessen. Und wenn ich ihn wüsste – es darf da nicht weiter geforscht werden – darf nicht, auf keinen Fall. Hörst du, Bruno – darf nicht!«

Ihm war sehr unwohl geworden. Jakob musste ihm helfen, sich auf ein Sofa zu legen, und stärkende Tropfen herbeiholen. Er klagte über Frost und wurde in wollene Decken gehüllt, ohne sich doch ermuntern zu können. »Kalt, kalt, kalt – bis ans Herz hinan – eiskalt.«

Seitdem verließ ihn nicht mehr eine quälende Unruhe. Er hatte keinen Schlaf in der Nacht, und alle Toilettenkünste waren vergebens. Er fiel zusammen und schlürfte gebückt, die zitternde Hand auf der Krücke des Stockes, durch die Zimmer. Jedes Geräusch, selbst lautes Sprechen, verursachte seinem Kopfe Pein. Brunos etwas scharfe Stimme konnte er nicht im Nebenzimmer hören, ohne beängstigend erregt zu werden. Auch ihn sah er selten, Gäste gar nicht. Stundenlang lag er auf dem Bett und starrte vor sich hin. Die Sache mochte ihm sehr verdrießlich sein, aber aus den bekannten Umständen heraus konnte Bruno sich doch diesen merkwürdig schnellen Verfall nicht erklären.

Eines Tages meldete sich Bilsfeld im Palais. Er wurde zum Grafen Bruno geführt. »Nun? haben Sie sich besonnen?« fragte dieser ihn.

Der Tischler schüttelte mürrisch den Kopf. »Nein, ich gehe weiter,« antwortete er.

»Sie handeln sehr töricht.«

»Das sieht jeder auf seine Weise an, Herr Graf. Für mich muss da alles glatt sein. Zumal ... Ich habe mich in Neu-Pforten erkundigt, meine Frau sagt wirklich über sich die volle Wahrheit. Das alte Weib, die Küsterin, will nicht mit der Sprache heraus, aber sie wird vor Gericht nicht einen falschen Eid leisten wollen. Für fremder Leute Kinder, die sie jetzt weiter nichts angehen!«

»Sie wollten – ?«

»Ja, die Sache muss in Ordnung kommen, soweit meine Frau beteiligt war. Ich hab auch den Namen des Justizrats erfahren, von dem das Wegegeld gezahlt ist. Seine Frau sagt, nach seinem Tode hätte ein Assessor die Akten durchgesehen und alles Wichtige eingesiegelt ans Obergericht zur Aufbewahrung geschickt. Den Assessor hab ich auch ausgekundschaftet. Er meint einen Umschlag gesehen zu haben, in dem Quittungen über die Zahlungen lagen. Ich bin dann natürlich auch beim Obergericht gewesen. Aber es hieß da, die Akten könnten mir nicht so ohne weiteres vorgelegt werden; ich müsste erst mein Interesse nachweisen, wie sie's nennen. Und das werde ohne Prozess nicht geschehen können. Da hab ich mir denn gedacht, Sie könnten mir durch Ihren Einfluss vielleicht einfacher dazu verhelfen und sich selbst zugleich Gewissheit schaffen. Das Fräulein hat doch gewiss ein Interesse, zu erfahren, wer die Mutter ist.«

Bruno glaubte ohne Zustimmung seines Vaters nichts zusagen oder unternehmen zu dürfen. Aber so vorsichtig er auch mit ihm sprach, der alte Herr war gleich wieder in hochgradiger Erregung und erklärte mit allen Zeichen seelischer Beängstigung, es solle nichts weiter geschehen, das Dunkel zu lüften. Weshalb nur nicht? Und auszuweichen war doch gar nicht möglich. Bruno wurde der kranke Mann immer unverständlicher. Nur mit Mühe brachte er es dahin, dass Bilsfeld sich noch kurze Zeit zu gedulden versprach. Zu seiner größten Überraschung fuhr Graf Wedigo bald darauf, so schwach er war, wieder nach der Garnisonstadt seines Sohnes. Das erfuhr er erst in letzter Stunde, auch dass Wilfried sein Besuch gar nicht gemeldet sei.

In der Tat begab sich der Graf nach seiner Ankunft sogleich vom Bahnhof nach der Villa der Frau Konsul.

Er erschreckte sie nicht wenig durch sein verfallenes und verstörtes Aussehen. Kaum erhielt er sich auf den Füßen. Als er Jakob, der ihn führte, hinausschickte, nahm sie selbst seinen Arm und leitete ihn bis zum nächsten Sessel. »Eine geheime Angst treibt mich zu Ihnen,« sagte er in winselndem Tone. »Ich höre, dass mein Sohn – nach wie vor – in Ihrem Hause – mit Ihrem Pflegetöchterchen ... Hm, hm! Es beweist ja eine höchst ehrenwerte Gesinnung, dass er so fest – an seinem gegebenen Wort hält – unzweifelhaft. Aber glauben Sie mir, verehrte Frau – es wird nichts Gutes, es kann nichts Gutes werden. Da ist nicht nur – der Unterschied des Standes. Ich spreche davon gar nicht. Und ich bin weit entfernt, in Abrede zu stellen, dass so ein ausgesetztes Kind – deshalb noch nichts von seinem Menschenwert – einbüßt und nicht durch Pflege und Erziehung – ganz so hoch gestellt werden kann wie irgend ein durch die Sorge seiner Eltern beglücktes. Aber wir ändern doch die Welt nicht. Es gibt so tief eingewurzelte Vorurteile, dass es – dem einzelnen nie gelingen wird, ohne schwerste Einbuße seiner gesellschaftlichen Stellung seinen Widerspruch siegreich zu behaupten. Es ist das schöne Vorrecht – der Jugend, an die Übermacht solcher feindlicher Gewalten nicht zu glauben. Wir aber haben Erfahrung, verehrteste Frau, und die Pflicht, zum Besten zu raten. Sie lieben Paula, wie ich meinen Sohn liebe. Ich bitte, ich beschwöre Sie, tun Sie einem Beginnen Einhalt, das nach kurzem Freudenrausch beiden eine lange Trübsal bringen wird.«

Er hatte sich warm gesprochen, und die Zunge gehorchte nun besser seinem Willen. Die Frau Konsul unterbrach ihn nicht; die Hände im Schoß gefaltet, saß sie ihm gegenüber und hielt die Augen gesenkt. Nun er sich verbeugte und ihren Arm streichelte, seufzte sie. »Ich habe mit Ihrem Herrn Sohn wiederholt sehr ernst gesprochen – gleich nach Ihrer Abreise damals und dann wieder nach seiner Rückkehr von der kleinen Reise mit seinem Bruder. Er ist allen Vorstellungen unzugänglich. Paula habe ich alles gesagt, was in solchem Falle eine besorgte Mutter warnend vorbringen kann. Es darf mich aber nicht wundern, dass sie dem Geliebten mehr vertraut als der Frau, die sie – wenn auch in guter Meinung – hintergangen hat.«

Dem alten Manne traten die Angsttropfen auf die Stirn. »Aber bedenken Sie, bedenken Sie,« stöhnte er, »was für Unheil ... Man weiß ja nicht, wer die Mutter war – welche Fügung des Schicksals ... Ich kann nur von allgemeinen Befürchtungen sprechen – aber es gibt doch Möglichkeiten ... Stellen Sie sich vor, dass Paula durch ihre Mutter in engeren Beziehungen, als das Gesetz ... Mein Gott! es ist ja sehr unwahrscheinlich, aber es gibt doch Möglichkeiten ... Und besser man entzieht ihnen ganz den Boden.«

Die Frau Konsul verstand ihn offenbar gar nicht. Ehe sie aber etwas entgegnen konnte, trat Paula ein, eilte auf den Grafen zu und sank vor ihm nieder, Sie fasste seine Hände und drückte die glühenden Lippen darauf. »Sie sind wiedergekommen, Herr Graf,« rief sie, »nachdem Sie alles wissen. Das kann mir nur Gutes bedeuten. O, heben Sie mich auf an Ihr Herz, so unwürdig ich sein mag, werfen Sie gegen Ihren Zorn die grenzenlose Liebe in die Waagschale, die Wilfried und mich zusammenschließt, nennen Sie mich Tochter, gestatten Sie, dass ich Sie Vater ...«

Ein paar heiße Träne fielen auf ihre Stirn. Sie blickte rasch auf und legte die Arme um seine Schultern. »O mein Kind – mein liebes Kind,« lallte er, »wie gern wollte ich ...« Er nahm ihren Kopf in seine Hände und sah ihr in die dunklen Augen, aus denen jetzt ein Strom zärtlicher Bitte zu ihm hinüberflutete. »Diese Augen,« schrie er auf, »diese Augen! Ja – es sind ihre Augen – ich erkenne sie ... Barmherziger Himmel – ihre Augen!«

Er sank gegen die Stuhllehne zurück, todbleich, ächzend vor Schmerz. Die Frau Konsul eilte herbei und stützte ihn. In ihrem Arm fiel er in eine tiefe Ohnmacht, aus der er erst erwachte, als Paula seine Stirn mit kölnischem Wasser benetzte.

Er schien die Sprache verloren zu haben. Mit Hilfe der Dienerschaft wurde er auf eine Chaiselongue gelegt, mit Tüchern bedeckt. Er lag da mit verschobener Perücke und halbgeschlossenen Augen, ein rechtes Jammerbild. Die Frau Konsul hatte sogleich nach Wilfried geschickt. Als er kam, war sein Vater so weit ermuntert, dass er ihm leise die Hand drücken konnte. Es war Wilfried unbegreiflich, was ihn veranlasst hatte, zuerst hierher zu gehen; auf seine besorgten Fragen blieb die Antwort aus. Nur die Augen des Alten hafteten zärtlich auf seinem Gesicht und schlossen sich erst, als Wilfried Paula umfasste und sie ihren schönen Kopf an seine Schulter lehnte.

Nach einigen Stunden hatte er sich so weit erholt, dass er in die Wohnung seines Sohnes geschafft werden konnte. Die Nacht war aber sehr schlecht und unruhig. Sein Sohn und Jakob wachten abwechselnd bei ihm. Es schien, dass er in eine schwere Krankheit verfallen wolle; aber das Fieber hatte seinen Grund in einer Überreizung der ohnedies abgespannten Nerven durch unablässiges Grübeln über ein dunkles Etwas, worauf seine Erinnerungen ein Licht zu leiten begannen, nicht in körperlichen Leiden, denen seine zähe Natur nicht hätte Widerstand leisten können. Er stand denn auch am andern Tage wieder auf und ließ sich von Jakob in gewohnter Weise ankleiden und frisieren. Wilfried hatte von den Damen über seinen Besuch in der Villa genug erfahren, um überzeugt zu sein, dass er bei ihnen habe durchsetzen wollen, was ihm bei dem Sohne aussichtslos erscheinen musste. Die dabei unvermeidliche Aufregung erklärte ihm ausreichend die Ohnmacht.

Der Graf selbst bestätigte diese Annahme als richtig, sobald sie nach dem späten Frühstück zusammen auf dem Sofa saßen. »Es war ein letzter Versuch,« sagte er, »auf gütlichem Wege dieses Verhältnis zu lösen, das mich unsäglich ängstigt. Was hätte ich dir nicht am Ende zuliebe getan, mein Junge! Aber – ich werfe keinen Stein, Gott soll mich behüten – so ein unglückliches Wesen, das nicht einmal seine Mutter kennt – seine *Mutter*! Es wird dir nicht entgangen sein, dass da etwas Geheimnisvolles verborgen ist – sicher verborgen sein sollte. Und wer weiß, ob es sich nicht doch enthüllt – und wie? Wäre Paula die Tochter jener Antoine Girod – auch damit noch ließe sich rechnen. Aber es ist eine Straftat verübt, das Geheimnis ihrer Geburt zu bewahren – irgendetwas Furchtbares ist geschehen, das zu diesem Äußersten zwang. Mein Sohn – mein Sohn! kannst du ein Mädchen zum Altar führen wollen, das dich vielleicht – wie unschuldig immer – mit Schmach belastet? Schon ist unseligerweise ein Zipfel der Decke aufgehoben, die so lange über dem geheimen Vorgang lag. Der Tischler droht mit weiteren Recherchen. Er glaubt sie seiner Frau, seinen Kindern, seiner Ehre schuldig zu sein. Er wird sich nicht beruhigen lassen. Und schon wissen andere davon, dass gesucht wird. Wenn deine Gattin ... Nein, nein! es ist unmöglich. Wie ich dich bedaure, Wilfried – es ist und bleibt unmöglich. Paula kann dein Weib nicht werden.«

»Paula ist rein, Vater,« antwortete der Offizier leise, aber mit sicherer Stimme. »Was auch geschehen sein mag, was sich auch enthüllen sollte – es berührt sie nicht. Wie könnte es sie und mich beflecken? Ich verstehe deinen Kummer durchaus, Vater, dein Bestreben, deinen Widerstand bis zum Äußersten – und ich kann deine Gründe nicht widerlegen außer mit diesem einen: Paula ist rein, und ich liebe sie. Ich weiß, dass ich deine väterliche Zuneigung verwirke und nicht mehr das Recht haben werde, mich deinen Sohn zu nennen, wenn ich so unvernünftig handle, als es dir notwendig scheinen muss; und doch – mein Entschluss ist gefasst: ich halte Paula Wort. Die Trauung kann in England erfolgen.«

»*Und wenn* ...« Der alte Mann stieß diese zwei Worte mit gewaltiger Anstrengung, den Kopf vorstreckend und die Augen weit aufreißend, heraus, um sogleich wieder matt zusammenzusinken und den Ton ächzend verhallen zu lassen. Er bewegte die Hand vor seinem Gesicht hin und her, als ob er etwas verscheuchen wollte. »Nein, nein,« murmelte er nach einer Weile, Wilfried unverständlich, »das ist eine – verrückte Vorstellung – eine ganz – verrückte ... Das nicht, das nicht.«

Es schien sich zu überzeugen, dass es jetzt vergeblich sein werde, seinen Sohn aus andere Gedanken zu bringen, und kam auf den Gegenstand nicht weiter zurück. Wilfried musste in den Dienst. Als er nach einigen Stunden heimkehrte, war der Graf bereits abgereist.

In der Villa konnte ein sehr erregter Auftritt nicht ausbleiben. Zwar hielt Wilfried sich fern von den in solchen Fällen üblichen Ausbrüchen der Leidenschaft und des Schmerzes, aber bei der sichersten Schulung auf allen Seite sprach doch das Gefühl zu heftig mit, als dass seine tiefste Beteiligung hätte verschleiert werden können. Die Frau Konsul hielt sich für verpflichtet, nochmals mit gewissenhaftester Strenge von dem Kampf gegen übersteigliche Wälle und Mauern abzuraten, und ihre Vorstellungen wurden umso dringlicher, als sie sich selbst die Hauptschuld daran beimaß, dass das heimliche Verlöbnis hatte eingegangen werden können, da wahrscheinlich schon eine frühere aufrichtige Mitteilung, dass Paula ihre Tochter nicht sei, eine darauf gerichtete Annäherung ausgeschlossen hätte.

Das wollte Wilfried nicht wahr haben. Von irgendwelcher Schuld könne überhaupt nicht gesprochen werden. Es treffe hier einmal zu, was die Dichter sängen: die Liebe komme über zwei, die einander zum ersten Mal im Leben erblickten, wie ein unwandelbares Verhängnis. Es gebe da kein Ausweichen, kein Rücksichtnehmen, kein Überlegen oder Vorkehren, kein Wollen und Nichtwollen. Sei es in sich vollendet, so ergebe sich daraus auch die Gewissheit, dass es in Seligkeit getragen werden müsse bis zur Erfüllung, möge nun in ihr das Dasein enden oder sich in einem Leben in Liebe fortsetzen und verklären. Er umfasste Paula und hielt sie so fest an seine Brust gedrückt, als sollten sich seine Arme nie mehr lösen.

Sie blickte aus ihren seelenvollen Augen zu ihm auf. »Soll denn kein Opfer für den Geliebten gelten?« fragte sie.

»Jedes,« antwortete er, »nur nicht das Opfer der Liebe. Es ist sündhaft von Grund aus.« –

Graf Wedigo hatte schlimme Tage und schlimmere Nächte. Nun zeigte sich's, wie völlig zerrüttet seine Nerven waren; selbst die kräftigsten Betäubungsmittel brachten keine Ruhe und kaum kurzen Scheinschlaf. Am Spieltisch im Klub, wo er die Sätze unsinnig steigerte in der Gesellschaft von Kunstreiterinnen und Gesangskünstlerinnen untersten Grades, deren Champagnerrausch Orgien zu entfesseln pflegte, konnte er jetzt nicht Vergessenheit finden. Alles Vergnügen war schal geworden, reizlos, ekelerregend. Seine Gedanken schweiften wie hungrige Wölfe immer um die Stelle, an der er unter dem trügerischen Aufwurf von Erde und Zweigen den Stank eines Pestkörper witterte. Er wusste, dass ihn und die wenigen Menschen, die er liebte, das Verderben erfassen musste, wenn er ihn aufdeckte, aber er konnte doch nicht los von dem krankhaft lüsternen Herumlungern.

Es konnte ja sein, dass er sich täuschte, dass es nichts war, was ihn anging. Dann hätte er wonnig aufatmen können, wie befreit von dem Griff und Druck zweier gespenstischer Hände, die ihn zu erwürgen drohten. Ja – wenn es nichts war!

Aber wenn ... Es stimmte so vieles zusammen – und dieses rätselhafte Etwas in Paulas Erscheinung und ganzem Wesen, das ihn sofort an sie herangerissen hatte. Wenn doch gewiß würde ... Ihn ergriff ein Schwindel selbst im Lehnstuhl, wenn er sich mit beiden Händen festhielt und den Kopf in die Kissen drückte. An welchen entsetzlichen Abgrund wurde er gewirbelt? Dann war's aus – nicht für ihn, aber für Wilfried – ganz aus: ihn, den geliebten Sohn, stürzte er hinab.

Seine Phantasie mühte sich, einen Ausweg aus diesen Schrecknissen zu finden. Wenn er nicht mehr lebte –! Wie leicht hätte das sein können –? und es wäre geschehen oder geschähe, was kein Bedenken hinderte, und nie erführe irgend ein Mensch auf der Welt, dass ein Bedenken hätte sein können ... Dann waren sie glücklich vereint und ahnten nicht, was sie hätte trennen müssen. Und wenn er sich nun still beseitigte – ? Eine verstärkte Dosis Morphium konnte ihn ins Jenseits hinüberbefördern und seinen Mund auf ewig schließen. Es wäre nicht einmal zu besorgen, dass man diese Nachhilfe merkte – Wilfried brauchte sich nicht mit dem Vorwurf zu quälen, dass etwa der Kummer über seinen Starrsinn ein solches Ende herbeigeführt hätte. Pah! bei seinem Alter, bei seiner Schwäche! Und dann war's, als ob er nie erlebte, was ihm jetzt so schreckhaft vor Gedanken stand. Mit ihm war ausgelöscht, was Gewissheit geben konnte. Und er selbst ging hinüber, ohne Gewissheit zu haben!

Es war Sünde, sich das Leben zu nehmen. Seine religiösen Vorstellungen ließen ihm darüber keinen Zweifel. Auch darüber nicht, dass er diese Sünde schwer werde im Jenseits zu büßen haben, schwerer als jede andere, die er in seinem schuldhaften Dasein aufgeladen. Wenn es aber zweier unschuldiger Menschen Glück galt, die er liebte, wenn nur die Frage war, ob er sie oder sich verderben wolle – keine Strafe dürfte ihn zu schwer dünken.

Wär's nur so gewiss gewesen, dass mit ihm alle Schuld begraben werden könnte, dass sie nicht unwissentlich in denen nachwirkte, die sein Tod über jede Pflicht der Nachforschung hinwegheben sollte! Was bedeutete hier Wissen oder Nichtwissen? Wenn wirklich ein Verbot der

Natur ... Wenn auch nur eine Wahrscheinlichkeit, nur eine Möglichkeit ... Ihn schauerte im Gefühl der Verantwortlichkeit für Generationen. Und wer sicherte es ihm denn, dass nicht doch das Geheimnis ans Licht kommen würde? Wenn es zu spät wäre. Was stand in den Akten des Notars? Waren Namen genannt? Wie konnte bewirkt werden, dass die Papiere vernichtet würden, bevor ein menschliches Auge ihren Inhalt durchspähte? Dieser Tischler Bilsfeld würde doch nicht ruhen. Und ihn gar zum Mitwisser machen ... Unmöglich, ganz unmöglich!

Es blieb doch kein anderer Weg als der eine, sich Gewissheit zu schaffen und danach zu handeln. Graf Wedigo kannte persönlich den Präsidenten des Gerichts, bei welchem die Notariatsakten aufbewahrt wurden. Er suchte ihn auf und wusste ihn zu überzeugen, dass er bei der Einsicht gewisser Akten interessiert sei, ohne von Paula und seinem Sohn sprechen zu brauchen. So freilich, dass er mit Humor den alten Sünder herauskehrte, der einmal genötigt gewesen sei, eine nicht unbeträchtliche Summe in die Hände jenes Notars zu legen, über deren zweckmäßigen Gebrauch er nun doch Gewissheit haben möchte. Da sich im Register Akten über das Kind einer Antonie Girod wirklich vorfanden, beauftragte der Präsident gefällig einen seiner Assessoren, sie ihm vorzulegen und ein Protokoll darüber beizufügen. Es fand sich, dass ein Teil des Faszikels eingesiegelt war. Gerade diese sekretierten Papiere wünschte der Graf zu sehen; sie könnten sogleich wieder versiegelt werden, er bitte sogar selbst darum. Es erfolgte die Öffnung.

Den alten Herrn schien ein Schwindel zu erfassen, als er den Inhalt der Blätter überflog. Der Notar hatte – zu seiner eigenen Sicherung, wie er sagte – ein Promemoria aufgesetzt und darin den ganzen Sachverhalt, so weit er ihm selbst bekannt gegeben, mitgeteilt, auch den Namen der Dame genannt, mit der er des Kindes wegen verhandelte. Von der Fälschung des Taufscheines wusste er nichts; es war ihm nur gesagt worden, dass die Mutter die Tochter eines hohen Offiziers sei, der durch ihren Fehltritt nicht kompromittiert werden dürfe. Die Vermittlerin war – die Gräfin Valerie Pahlen. Sie hatte auch ein miteingesiegeltes Papier unterschrieben, inhalts dessen von ihr eine Geldsumme deponiert wurde, über deren Verwendung sie keine Rechenschaft verlangte. Der Graf musste die Unterschrift seiner Frau unbedenklich finden.

Er dankte dem Assessor, der die Papiere wieder einsiegelte, ohne von der Aufschrift Kenntnis zu nehmen; es sei alles in bester Ordnung. Die Worte kamen doch nur lallend von seinen weißen Lippen, und seine Schwäche war so groß, dass er sich erst nach wiederholten vergeblichen Versuchen vom Stuhl erheben und, von seinem Diener mehr getragen als geführt, das Zimmer und das Gerichtshaus verlassen konnte. Von dem Präsidenten nahm er durch eine Karte Abschied.

Nun hatte er die Gewissheit, die positive Gewissheit, vor der er so lange zitterte, und alle Schrecken seiner unseligen Lage verdoppelten und verzehnfachten sich. Den Tischler freilich brauchte er nicht zu fürchten: auch die Akten des Notars ergaben die Fälschung und den Namen der wahren Mutter nicht. Aber ihm selbst fehlte kein Glied der Kette mehr: er hatte Gewissheit, und diese Gewissheit drohte ihn um den Verstand zu bringen, wenn er die Folgen überdachte. »Mein armer Junge – mein armer Junge –« stöhnte und winselte er fortwährend.

Er konnte das Bett nicht mehr verlassen, ohne ohnmächtig zusammenzubrechen. Bruno mit seiner strotzenden Gesundheit und dem gleichgültigen Gesicht erregte ihm ein Unbehagen; er mochte ihn nicht um sich sehen. Und doch wünschte er wieder, er möchte sich nicht für längere Zeit vom Hause entfernen. Es befiel ihn eine fürchterliche Angst, er könne sterben, bevor er sein Gewissen erleichtert hätte. Er schwankte schon nicht mehr; er glaubte sich an seinem ganzen Geschlecht unheilbar zu versündigen, wenn er schweigend das Verderbliche geschehen ließ. Wilfried musste alles erfahren, und wenn der Sohn ihm fluchte. Das war ja der schwerste Fluch der Tat, die er so lange nur zu leicht genommen, dass er jetzt dem Sohne beichten musste und – keine Vergebung zu hoffen hatte.

Er ließ durch Bruno an Wilfried schreiben. Es stehe schlecht mit ihm, und er wünsche ihn zu sehen.

Wilfried eilte an das Krankenbett des Vaters. Auch jetzt konnte sich der alte Lebemann nicht entschließen, sich ihm in seiner traurigen Verfallenheit zu zeigen. Noch einmal wurden alle Toilettenkünste aufgewendet, seinem Gesicht das gewohnte Aussehen zu geben. Die Vorhänge an den Fenstern mussten von den Haltern abgehoben werden, damit das Licht nur gedämpft einfiele.

So vorbereitet empfing er seinen Erstgeborenen, der sich bekümmert über ihn beugte und seine erschreckend hagere Hand sanft drückte und streichelte, ohne ein Wort sprechen zu können. Wilfried glaubte ja zu wissen, was diesen bedenklichen Zustand herbeigeführt hatte, und fühlte sich doch außerstande, den Kranken mit einer ihm frohen Zusage aufzurichten.

»Setze dich zu mir,« bat Graf Wedigo kaum verständlich. »Ich habe dir – vor meinem Ende – etwas mitzuteilen – etwas sehr Schmerzliches, Wilfried – etwas ...« Die Rührung überwältigte ihn, seine blaugrauen Augen standen plötzlich in Wasser, die Lippen gaben keinen Laut weiter. Wilfried sprach ihm, innerlich recht beklommen, liebevoll Trost zu. Bis zum Ende sei hoffentlich noch ein weiter Weg; seine zähe Natur habe schon manchem Anprall widerstanden und werde sich auch diesmal bald wieder aufrichten. Was in seiner Macht stehe, ihm Gemütsaufregungen zu sparen, solle gewisslich nicht versäumt werden.

Der Kranke schüttelte matt den Kopf. »Du weißt nicht ... Ich hätte ja in alles eingewilligt, glaube mir. Ich hätte Paula ...« Er schluckte krampfhaft und würgte die Worte vor. »Ich hätte Paula – trotz allem – nicht für zu gering erachtet, unseren Namen zu führen. Aber ... O, mein Gott, dass ich der Henker deines Glückes sein muss – ich, ich! Wilfried – Paula kann dein Weib nicht werden – – sie ist deine – Schwester.«

Das Schreckenswort war ausgesprochen. Das Kinn sank ihm auf die Brust, die Hände falteten sich zitternd.

Wilfried fuhr mit einem Ruck zurück, der den Sessel erschütterte, und starrte ihn entsetzt an. »Meine – Schwester?«

»Deine Schwester. Ich habe die Akten des Notars eingesehen – in der Hoffnung, dass meine Furcht sich täusche. Aber das Geschick ist unbarmherzig. Nicht der leiseste Zweifel besteht weiter: Paula ist mein Kind – deine Schwester.«

Wilfried schien sich vergeblich zu bemühen, in diese Rede Sinn zu bringen. Paula seine Schwester? Das war etwas so Ungeheuerliches, dass seine Bedeutung im Augenblick gar nicht erfasst werden konnte. Er lächelte blöde aus der Erstarrung heraus, ganz unfähig, irgendetwas zu entgegnen.

»Ich sage dir leider die Wahrheit,« fuhr der alte Graf fort. »Dass ich sie sagen muss – es ist eine so entsetzliche Strafe für eine Sünde, die ... Nein, ich will sie nicht zu verkleinern, zu beschönigen suchen – nein, nein! Aber grausam, furchtbar grausam rächt sich die schwerste Schuld meines Lebens doch. Ich bin deiner engelguten Mutter oft untreu gewesen – sie wusste es, und sie litt es schweigend, nachdem ihre liebevollen Bemühungen, den Wankelmütigen an sich zu fesseln, vergeblich gewesen waren. Aber sie trennte sich – wennschon nicht vor der Welt – von mir, als ich ...« Er ächzte schwer und rang nach Atem. »Ja, das Geständnis muss heraus. Sie hatte eine Freundin – Lena – die Tochter eines Generals, meines Regimentschefs, als ich noch diente, eines Mannes von altem Adel und großer Ehrenhaftigkeit. Du sollst den Namen erfahren, wenn du es verlangst – unter dem Siegel der Verschwiegenheit, denn Söhne von ihm leben noch in hohen Stellungen. Lena war in ihrem Alter, sehr schön, von lebhaftem Temperament, freigeistig, unverheiratet geblieben, weil ihr Vater kein Vermögen besaß, und man ihre Ansprüche ans Leben fürchtete. Ich sah sie oft bei meiner Frau, in Gesellschaften, bei Jagden, bei Pferderennen – sie war eine vorzügliche Reiterin. Ich sehe sie noch ... Ah! ich will nur die nackten Tatsachen geben. Bei aller Freiheit der Umgangsformen galt sie im Punkte der weiblichen Ehre für unantastbar, und sie war es auch, bis ... Welcher Wahnsinn fasste mich, diese stolze Tugend zu Fall zu bringen! Ich war leidenschaftlich in sie verliebt, aber wir lebten längere Zeit nebeneinander her, ohne dass mir ein solcher Gedanke kam. Erst als ich zu bemerken glaubte, dass meine Frau sie vor mir zu behüten bemüht war, wandelte mich die teuflische Lust an, ihr zu beweisen ... Ja, die teuflische Lust. Das Vertrauen, das Lena mir glaubte vor anderen schenken zu dürfen, machte sie unvorsichtig. Ich missbrauchte es. Lange widerstand sie, meine Leidenschaft wuchs, brachte den Rest von Gewissen zum Schweigen. Endlich ... Ja, ja, ja! Ich brachte es dahin, dass sie in einer schwachen Stunde die Freundin verriet. Und dann – dann war ihr Stolz völlig gebrochen, ihr Wille dem meinen untertan. Es gab kein Zurück mehr für sie. Als aber die Folgen sich zeigten ...« Seine Stimme wurde heiser und krächzend; er griff nach der Kehle, um sich Luft zu schaffen. Dabei warf er wie erstickend einen verzweifelten Blick auf Wilfried seitwärts, der aber regungslos über ihn hinwegstarrte. Zuletzt zwang er sich gewaltsam zum Weitersprechen. »Sie litt furchtbar – und ich mit ihr; nie in meinem Leben – außer in der jetzigen Stunde – habe ich so furchtbar gelitten. Sie wollte sich durch Gift töten, und sie versuchte es auch. Ich zitterte jede Minute vor der Nachricht von etwas Entsetzlichem. Und es konnte noch gefragt werden, was das Entsetzlichere war: der Tod oder die Entdeckung. Endlich – ganz von Sinnen vor unaufhörlichen Beängstigungen – warf sie sich der Freundin zu Füßen und gestand ihr den unverzeihlichen Fehl. Und deine Mutter – verzieh ihn doch. Mehr noch –: sie rettete, was zu retten war, den guten Namen der Familie. Sie ging mit Lena auf Reisen, richtete es ins Werk, dass Briefe in Florenz und Rom zur Post gegeben wurden, während sie bereits mit der Unglücklichen verborgen in einer kleinen Stadt die Geburt des Kindes erwartete. Als sie mit Lena zurückkehrte, war es gelungen, das Geschehene mit einem undurchdringlichen Schleier zu umhüllen. Durch welches Mittel – du weißt es jetzt.«

Wilfried stieß einen Ächzlaut aus, der dem Alten durch Mark und Bein ging. Nach einer Weile, da der erwartete Ausbruch des Schmerzes unterblieb, begann dieser wieder: »Es muss alles gesagt sein – alles. Das Geheimnis blieb gewahrt. Aber Lena wurde bald nach der Rückkehr tief schwermütig. Ihr Zustand flößte bald ernste Besorgnisse ein – keiner ärztlichen Kunst gelang es, sie vor unheilbarem Wahnsinn zu bewahren. Sie ist im Irrenhause gestorben. Deine Mutter – siechte vor ihr hin.«

Wilfried stand hastig auf und legte schwer die Hand auf die Stirn. Er atmete keuchend. Sein Vater lauschte auf eine Äußerung, welcher Art immer. Aber sie erfolgte auch jetzt nicht. Plötzlich kehrte er sich ab und schritt der Thür zu.

Der Kranke fuhr von den Kissen in die Höhe und beugte sich über den Bettstollen vor. »Wilfried – Wilfried!« schrie er ihm mit fast erstickender Stimme nach. »Hast du kein Wort des Mitleids – der Vergebung für mich? Willst du so deinen Vater –«

Wilfried schlug die Tür hinter sich zu.

Graf Wedigo sank in die Kissen zurück. »Ach – ach – auch das! Mein Sohn – verdammt mich.«

Wilfried reiste ab, ohne seinen Vater nochmals gesehen zu haben. Zu Hause fand er den erbetenen Abschied vor. Er meldete sich bei seinem Vorgesetzten in der Uniform ab, um sie nicht wieder anzulegen.

Dem Oberst fiel sein nervöses Wesen auf. »Es wird Ihnen nun doch wohl schwer, den Dienst aufzugeben,« meinte er forschend. Er wusste, dass die beabsichtigte Heirat mit dem Pflegekinde der Frau Konsul, einem Mädchen von ungewisser Herkunft, der Grund war, und sprach sein Bedauern aus, dem jungen Kameraden darin recht geben zu müssen, dass er bei den bekannten Anschauungen des Offizierskorps auf diese Weise Unannehmlichkeiten aus dem Wege zu gehen entschlossen sei.

»Ich bin gern Soldat gewesen,« antwortete Graf Wilfried, »und empfinde es im Augenblick natürlich als einen Verlust, scheiden zu müssen. Ich bitte Sie aber, überzeugt zu sein, dass ich weiß, was ich dafür eintausche, und nie den Schritt bereuen werde, der allein mich ungestörtem Glück entgegenführen konnte. Um es so zu erringen, habe ich, wie Sie wissen, mehr aufgegeben.«

»Darf ich Ihnen einen freundschaftlichen Rat erteilen?« fragte der Oberst teilnehmend. »Übereilen Sie die Hochzeit nicht. Es wird für alle Teile das Ersprießlichste sein, wenn eine nicht allzu kurz bemessene Zeit sich zwischen den Wechsel der Dinge einschiebt. Es ist das nicht nur eine billige Rücksicht auf Ihre nächsten Angehörigen und auf die Gesellschaft, sondern Sie müssen es für sich selbst wünschenswert finden, sich erst aus Ihren jetzigen Verhältnissen heraus- und in die gewählte Lage hineinzugewöhnen. Ihre künftige Frau wird den Vorteil davon haben.«

»Das ist auch meine Empfindung, Herr Oberst,« erwiderte Wilfried. »Ich habe beschlossen, mich ein paar Monate auf Reisen zu begeben, um mir meine gewöhnliche Umgebung fremd werden zu lassen. Dabei schaue ich mich zugleich nach einem Fleckchen Erde um, auf dem sich's in der Zurückgezogenheit am behaglichsten wird leben lassen.«

Wirklich rüstete er, obgleich der Herbst schon nahe war, zur Reise. In der Villa vor dem Thor sprach er von dem, was er durch seinen Vater erfahren hatte, gar nicht. Er sagte nur, es sei ihm nun gewiss, dass Paula in der That nicht das Kind der Tischlerfrau Bilsfeld, ihre Mutter lange nicht mehr am Leben sei, und bestimmte sie leicht, eine Urkunde mit diesem Anerkenntnis zu unterzeichnen, die er dann dem Manne übersandte. Sein Benehmen gegen die beiden Damen änderte sich in keiner Weise. Er verabredete mit der Frau Konsul die Vorbereitungen der Hochzeit und blieb der zärtlichste Bräutigam. Sein Wunsch, jetzt nach seiner Verabschiedung nicht in der Garnisonstadt zu bleiben, wo der Verkehr mit den früheren Kameraden ihm unbequem werden müsste, und auch nicht in Berlin den Hochzeitstag in der Nähe seines Vaters und Bruders abzuwarten, fand volles Verständnis. Als er Paula Lebewohl sagte, waren beide nicht bewegter, als Brautleute auch bei kurzer Trennung zu sein pflegen. »Vergiss mich nicht,« sagte sie scherzend beim letzten Kuss.

– Wenn ich's nur könnte!« antwortete er ebenso.

Dann stand sie am Erkerfenster und blickte ihm nach, bis er über die Brücke gegangen und hinter dem Eckhause drüben verschwunden war. Zehnmal wandte er sich zurück und schwenkte den Hut. Zuletzt etwas länger, aber doch auch nur ein paar Sekunden lang.

Sie blieb am offenen Fenster stehen, bis sie nach kurzer Zeit das Pfeifen der Lokomotive vom Bahnhof her vernahm. »Nun fährt er ab. Glückliche Reise und frohe Wiederkehr zur Vereinigung fürs Leben!«

Er schrieb täglich. Mindestens Karten. Und sie antwortete gleich fleißig; meist erwartete ihn schon ihr Gruß an dem neuen Aufenthaltsort. Er hielt sich einige Tage in München auf, die dortigen ihm längst bekannten Kunstschätze nochmals durchmusternd. Dann fuhr er langsam über den Brenner und bog links ins Pustertal ab. Er blieb in Bruneck und Toblach. Für Italien sei das Wetter noch zu warm, schrieb er; er gedenke, das schöne Ampezzotal zu Fuß zu durchwandern und in Cortina abzuwarten, bis sich die Sonnenglut über der lombardischen Ebene gemildert habe. Von Schluderbach aus bestieg er die Dolomiten. »Ich werde schwerlich je das Vergnügen der richtigen Bergkletterer begreifen lernen,« äußerte er sich in einem Brief, der den umständlichen Bericht über eine solche Partie enthielt, »denen Hauptzweck ist, Schwierigkeiten zu überwinden und mit Lebensgefahr neue Wege aufzusuchen. Aber eine Lust ist es doch, sich selbst sein Können zu beweisen, mit aller Anstrengung eine Höhe zu erklimmen, die weit über andere Höhen ragt, und von da hinab in die Täler zu blicken, durch die sich in schnellem Lauf silberne Flüsschen schlängeln, denen man meint Grüße an die fernen Lieben mitgeben zu können. Ach, die schöne Welt!«

Paula warnte, er möchte nicht waghalsig sein und immer an sie denken. Er antwortete, er nehme auch dann einen Führer mit, wenn Bädeker ihn für entbehrlich erkläre, um sich ganz dem Genuss des Schauens hingeben zu können, und gedenke es auch in Cortina so zu halten. Sie möge unbesorgt um ihn sein. –

An seinen Vater schrieb er nicht. Eines Tages erhielt dieser aber eine Depesche von dort: »Graf Wilfried Pahlen vom Mittagstein abgestürzt. Leider tot aufgefunden. Leiche wird nach Cortina gebracht. Sturz erfolgt, als Führer auf Kuppe Seil schon losgebunden hatte. Bitten um weitere Anweisung telegraphisch.«

Graf Wedigo starrte auf das Blatt. »Abgestürzt – tot … *meinet*wegen!« lallte er wie gelähmt und verlor dann die Besinnung.

Bruno reiste sofort nach Cortina ab, Tag und Nacht, die Leiche in Empfang zu nehmen und nach der Heimat zu schaffen. Er vernahm den Führer, der Wilfried auf den Mittagstein geleitet hatte. Der Aufstieg sei beendet gewesen, versicherte der durchaus zuverlässige Mann; der Graf habe, auf seinen Bergstock gestützt, nahe dem Rande des kleinen Plateaus gestanden und auf die Dolomiten gegenüber geblickt. Da er ihn bereits als einen guten Bergsteiger gekannt, habe er an Gefahr gar nicht gedacht und sich abgewendet, um sich auf einen Stein zu setzen. In diesem Augenblick habe er hinter sich ein polterndes Geräusch vernommen, als ob der Stock auf den Felsboden falle, sich rasch umgeschaut und den jungen Herrn im halben Kreisel gegen den Abgrund taumeln sehen. Es sei ihm unmöglich gewesen, ihn zu erreichen und aufzuhalten, einen Schrei habe er nicht gehört. Ein Schwindel müsse den Grafen plötzlich erfasst und bewusstlos in die Tiefe gerissen haben. Ein trauriger Zufall!

Ein trauriger Zufall.

Es fand sich keine Zeile von Wilfrieds Hand, aus der sich ein absichtliches Handeln hätte schließen lassen. Bruno kam nicht einmal auf den Gedanken einer solchen Möglichkeit. In der Mappe lag ein angefangener Brief an Paula, ganz heiteren Inhalts. Er hatte sich offenbar mit ihm beschäftigt, bis der Führer sich meldete, und brach mitten in einem Satz ab, der ihr in zärtlichen Worten mitteilte, dass er letzte Nacht sehr lebhaft von ihr geträumt habe. »Auch jetzt wachend, träume ich immer ...« Er hatte auch da hoch oben von ihr geträumt, der Bergstock war auf dem Felsboden ausgeglitten, der Körper, der sich zu vertrausam auf ihn stützte, hatte das Gleichgewicht verloren. So musste das Unglück geschehen sein.

So erhielt Paula den Bericht. Man sagte ihr anfangs nur, dass er gestürzt sei, aber sie vermutete gleich das Schrecklichste. »Es war zu viel Glück,« sagte sie wie mit ersterbender Stimme, »– es konnte nicht dauern.«

Das waren die einzigen Worte, die sie sprach, bis die Leiche anlangte. Sie wollte sie sehen, wie auch der alte Graf sie flehentlich bat, sich zu schonen. Erst als sie sich über den toten, furchtbar verstümmelten Leib des geliebten Mannes warf, löste sich der Starrkrampf, die Tränen flossen in Strömen, und lautjammernd beklagte sie sein Schicksal und ihre Verlassenheit. Graf Wedigo stand dabei. Er hätte aufschreien mögen: Ich hab ihn in den Tod getrieben – ich! Meine Sünde hat ihn getötet. Verwirf mich, wie er mich verworfen hat! Aber sein Mund musste für diese Selbstanklage geschlossen bleiben: es war seines Sohnes Wille, dass Paula nie erfahren sollte, was er ihr gewesen, und dass er freiwillig aus dem Leben geschieden, um ihr bis zum letzten Hauch der Geliebte zu bleiben. Es war sein heiligstes Vermächtnis, dass er schweigen sollte.

Der Greis legte seine bebende Hand tastend auf Paulas Schulter. »Ich kann ihn dir nicht wiedergeben,« jammerte er, »kann nicht – kann nicht ... Aber du bleibst – meine Tochter.«